Gustave Flaubert

Mémoires
d'un fou

Ceci n'est pas une préface, mais une simple note liminaire.

Les *Mémoires d'un Fou* que nous éditons paraissent pour la première fois. Ce titre est le titre même donné par Gustave Flaubert à ce petit roman, œuvre de prime jeunesse. Son auteur, à peine dans ses vingt ans, en fit hommage à son fidèle ami et conseiller, Alfred Le Poittevin, mort prématurément.

Le manuscrit des *Mémoires d'un Fou* n'était sans doute pas destiné à l'impression, car Flaubert n'a jamais voulu publier que des œuvres absolument parfaites ; ce qui explique pourquoi son premier livre, *Madame Bovary*, parut seulement en 1857, *Salammbô*, le second, six ans après et ainsi des autres, fort espacés.

Mais il eût été regrettable que cet essai du début, si imparfait qu'on le juge, ne fut pas livré à la curiosité des dilettantes, plus raffinés, qu'avait déjà mis en goût la publication de la *Correspondance* comprenant également des lettres relatives aux jeunes années de Flaubert. Il éclaire et complète cette période de sa vie. On sent fort bien que les *Mémoires d'un Fou* ne sont qu'une autobiographie mal déguisée. Du reste, son principal personnage ou protagoniste féminin, l'héroïne de Trouville, se retrouvera au cours des lettres ultérieures, Flaubert étant resté en correspondance avec elle jusque dans ses dernières années.

Grâce à ces pages, on pénètre les sentiments intimes de l'auteur, on le voit dès ce moment hanté, assailli par ces idées sombres, dédaigneuses et fières qui teinteront toute son existence d'un pessimisme particulier, que domine la haine du banal – et du « bourgeois ».

Qu'on veuille bien se rappeler l'époque où furent composés les *Mémoires d'un Fou*, vers 1840, et le genre de littérature qui régnait alors ! Le Romantisme triomphant battait son plein et, malgré certains esprits qui s'appliquaient à réagir contre les tendances, *la Chute d'un Ange* et *les Recueillements poétiques* avaient victorieusement paru en 1838 et *les Rayons et les Ombres* en 1840.

Si l'œuvre inédite, que nous révélons au public lettré, n'ajoute rien à la gloire de Flaubert, elle ne lui enlève rien non plus. Elle permettra, toutefois, il nous semble, de mieux apprécier à quel labeur aride, obstiné, consciencieux, Flaubert dût de pouvoir, à la suite de cet essai de jeunesse, se révéler le maître que l'on sait par la publication, dix-sept années plus tard, du pur et sobre chef-d'œuvre qu'est *Madame Bovary*.

N'aurions-nous fait qu'éveiller ces idées de rapprochement, ce serait suffisant peut-être pour justifier notre publication.

P.D.

À TOI, MON CHER ALFRED LE POITTEVIN,
CES PAGES SONT DÉDIÉES ET DONNÉES.

Elles renferment une âme toute entière. – Est-ce la mienne ? Est-ce celle d'un autre ? J'avais d'abord voulu faire un roman intime où le scepticisme serait pousse jusqu'aux dernières bornes du désespoir, mais, peu à peu, en écrivant, l'impression personnelle perça à travers la fable, l'âme remua la plume et l'écrasa.

J'aime donc mieux laisser cela dans le mystère des conjectures. Pour toi, tu n'en feras pas.

Seulement, tu croiras peut-être en bien des endroits que l'expression est forcée et le tableau assombri à plaisir. Rappelle-toi que c'est un fou qui a écrit ces pages, et, si le mot paraît souvent surpasser le sentiment qu'il exprime, c'est que, ailleurs, il a fléchi sous le poids du cœur.

Adieu, pense à moi et pour moi.

Mémoires d'un fou

I

Pourquoi écrire ces pages ? – À quoi sont-elles bonnes ? – Qu'en sais-je moi-même ? Cela est assez sot, à mon gré, d'aller demander aux hommes le motif de leurs actions et de leurs écrits. – Savez-vous vous-même pourquoi vous avez ouvert les misérables feuilles que la main d'un fou va tracer ?

Un fou ! cela fait horreur. Qu'êtes-vous, vous, lecteur ? Dans quelle catégorie te ranges-tu ? dans celle des sots ou celle des fous ? – Si l'on te donnait à choisir, ta vanité préférerait encore la dernière condition. Oui, encore une fois, à quoi est-il bon, je le demande en vérité, un livre qui n'est ni instructif, ni amusant, ni chimique, ni philosophique, ni agricultural, ni élégiaque, un livre qui ne donne aucune recette ni pour les moutons, ni pour les puces, qui ne parle ni des chemins de fer, ni de la Bourse, ni des replis intimes du cœur humain, ni des habits Moyen Âge, ni de Dieu, ni du diable, mais qui parle d'un fou, c'est-à-dire le monde, ce grand idiot qui tourne depuis tant de siècles dans l'espace sans faire un pas, et qui hurle, et qui bave, et qui se déchire lui-même ?

Je ne sais pas plus que vous ce que vous allez lire – car ce n'est point un roman ni un drame avec un plan fixe, ou une seule idée préméditée, avec des jalons pour faire serpenter la pensée dans des allées tirées au cordeau.

Seulement, je vais mettre sur ce papier tout ce qui me viendra à la tête, mes idées avec mes souvenirs, mes impressions, mes rêves, mes caprices, tout ce qui passe dans la pensée et dans l'âme, – du rire et des pleurs, du blanc et du noir, des sanglots partis d'abord du cœur et étalés comme de la pâte dans des périodes sonores, – et des larmes délayées dans des métaphores romantiques. Il me pèse cependant à penser que je vais écraser le bec à un paquet de plumes, que je vais user une bouteille d'encre, que je vais ennuyer le lecteur et m'ennuyer moi-même ; j'ai tellement pris l'habitude du rire et du scepticisme qu'on y trouvera, depuis le commencement jusqu'à la fin, une

9

plaisanterie perpétuelle, et les gens qui aiment à rire pourront à la fin rire de l'auteur et d'eux-mêmes.

On y verra comment il faut croire au plan de l'univers, aux devoirs moraux de l'homme, à la vertu et à la philanthropie, mot que j'ai envie de faire inscrire sur mes bottes, quand j'en aurai, afin que tout le monde le lise et l'apprenne par cœur, même les vues les plus basses, les corps les plus petits, les plus rampants, les plus près du ruisseau.

On aurait tort de voir dans ceci autre chose que les récréations d'un pauvre fou. Un fou !

Et vous, lecteur, vous venez peut-être de vous marier ou de payer vos dettes ?

II

Je vais donc écrire l'histoire de ma vie. – Quelle vie ! Mais ai-je vécu ? Je suis jeune, j'ai le visage sans ride et le cœur sans passion. – Oh ! comme elle fut calme, comme elle paraît douce et heureuse, tranquille et pure. Oh ! oui, paisible et silencieuse comme un tombeau dont l'âme serait le cadavre.

À peine ai-je vécu : je n'ai point connu le monde, – c'est-à-dire je n'ai point de maîtresses, de flatteurs, de domestiques, d'équipages, – je ne suis pas entré (comme on dit) dans la société, car elle m'a paru toujours fausse et sonore, et couverte de clinquant, ennuyeuse et guindée.

Or, ma vie, ce ne sont pas des faits ; ma vie, c'est ma pensée.

Quelle est donc cette pensée qui m'amène maintenant, à l'âge où tout le monde sourit, se trouve heureux, où l'on se marie, où l'on aime ; à l'âge où tant d'autres s'enivrent de toutes les amours et de toutes les gloires, alors que tant de lumières brillent et que les verres sont remplis au festin, à me trouver seul et nu, froid à toute inspiration, à toute poésie, me sentant mourir et riant cruellement de ma lente agonie, comme cet épicurien qui se fit ouvrir les veines, se baigna dans un bain parfumé et mourut en riant comme un homme qui sort ivre d'une orgie qui l'a fatigué ?

Ô comme elle fut longue cette pensée ; comme une hydre, elle me dévora sous toutes ses faces. Pensée de deuil et d'amertume, pensée de bouffon qui pleure, pensée de philosophe qui médite…

Oh ! oui, combien d'heures se sont écoulées dans ma vie, longues et monotones, à penser, à douter ! Combien de journées d'hiver, la tête baissée devant mes tisons blanchis aux pâles reflets du soleil couchant ; combien de soirées d'été, par les champs, au crépuscule, à regarder les nuages s'enfuir et se déployer, les blés se plier sous la brise, entendre les bois frémir et écouter la nature qui soupire dans les nuits !

Ô comme mon enfance fut rêveuse ! Comme j'étais un pauvre fou sans idées fixes, sans opinions positives ! Je regardais l'eau couler entre les massifs d'arbres qui penchent leur chevelure de feuille et laissent tomber des fleurs ; je contemplais de dedans mon berceau la lune sur son fond d'azur qui éclairait ma chambre et dessinait des formes étranges sur les murailles ; j'avais des extases devant un beau soleil ou une matinée de printemps avec son brouillard blanc, ses arbres fleuris, ses marguerites en fleurs.

J'aimais aussi, et c'est un de mes plus tendres et délicieux souvenirs, à regarder la mer, les vagues mousser l'une sur l'autre, la lame se briser en écume, s'étendre sur la plage et crier en se retirant sur les cailloux et les coquilles.

Je courais sur les rochers, je prenais le sable de l'Océan que je laissais s'écouler au vent entre mes doigts, je mouillais des varechs, et j'aspirais à pleine poitrine cet air salé et frais de l'Océan qui vous pénètre l'âme de tant d'énergie, de poétiques et larges pensées ; je regardais l'immensité, l'espace, l'infini, et mon âme s'abîmait devant cet horizon sans bornes.

Oh ! mais ce n'est pas là qu'est l'horizon sans bornes, le gouffre immense. Oh ! non, un plus large et plus profond abîme s'ouvrit devant moi. Ce gouffre-là n'a point de tempête : s'il y avait une tempête, il serait plein – et il est vide !

J'étais gai et riant, aimant la vie et ma mère, pauvre mère !

Je me rappelle encore mes petites joies à voir les chevaux courir sur la route, à voir la fumée de leur haleine et la sueur inonder leurs harnais, j'aimais le trot monotone et cadencé qui fait osciller les soupentes – et puis, quand on s'arrêtait, tout se taisait dans les champs. On voyait la fumée sortir de leurs naseaux, la voiture ébranlée se raffermissait sur ses ressorts, le vent sifflait sur les vitres, et c'était tout…

Oh ! comme j'ouvrais aussi de grands yeux sur la foule en habits de fête, joyeuse, tumultueuse, avec des cris ; mer d'hommes, orageuse, plus colère encore que la tempête et plus sotte que sa furie.

J'aimais les chars, les chevaux, les armées, les costumes de guerre, les tambours battants, le bruit, la poudre et les canons roulants sur le pavé des villes.

Enfant, j'aimais ce qui se voit ; adolescent, ce qui se sent ; homme, je n'aime plus rien. Et cependant, combien de choses j'ai dans l'âme, combien de forces intimes et combien d'océans de colère et d'amour se heurtent, se brisent dans ce cœur si faible, si débile, si lassé, si épuisé !

On me dit de reprendre à la vie, de me mêler à la foule ! … Et comment la branche cassée peut-elle porter des fruits ? Comment la feuille arrachée par les vents et traînée dans la poussière peut-elle reverdir ? Et pourquoi, si jeune, tant d'amertume ? Que sais-je ! il était peut-être dans ma destinée de vivre ainsi, lassé avant d'avoir porté le fardeau, haletant avant d'avoir couru…

J'ai lu, j'ai travaillé dans l'ardeur de l'enthousiasme… j'ai écrit…… Ô comme j'étais heureux alors ! – comme ma pensée, dans son délire, s'envolait haut dans ces régions inconnues aux hommes, où il n'y a ni monde, ni planètes, ni soleils ; j'avais un infini plus immense, s'il est possible, que l'infini de Dieu, où la poésie se berçait et déployait ses ailes dans une atmosphère d'amour et d'extase, et puis il fallait redescendre de ces régions sublimes vers les mots, et comment rendre par la parole cette harmonie qui s'élève dans le cœur du poète et les pensées de géant qui font ployer les phrases comme une main forte et gonflée fait crever le gant qui la couvre ?

Là encore, la déception ; car nous touchons à la terre, à cette terre de glace où tout feu meurt, où toute énergie faiblit. Par quels échelons descendre de l'infini au positif ? Par quelle gradation la pensée s'abaisse-t-elle sans se briser ? Comment rapetisser ce géant qui embrasse l'infini ?

Alors, j'avais des moments de tristesse et de désespoir, je sentais ma force qui me brisait et cette faiblesse dont j'avais honte – car la parole n'est qu'un écho lointain et affaibli de la pensée ; je maudissais mes rêves les plus chers et mes heures silencieuses passées sur la limite de la création. Je sentais quelque chose de vide et d'insatiable qui me dévorait.

Lassé de la poésie, je me lançai dans le champ de la méditation.

Je fus épris d'abord de cette étude imposante qui se propose l'homme pour but et qui veut se l'expliquer, qui va jusqu'à disséquer des hypothèses et à discuter sur les suppositions les plus abstraites et à peser géométriquement les mots les plus vides.

L'homme, grain de sable jeté dans l'infini par une main inconnue, pauvre insecte aux faibles pattes qui veut se retenir sur le bord du gouffre à toutes les branches, qui se rattache à la vertu, à l'amour, à l'ambition et qui fait des vertus de tout cela pour mieux s'y tenir, qui se cramponne à Dieu, et qui faiblit toujours, lâche les mains et tombe…

Homme qui veut comprendre ce qui n'est pas, et faire une science du néant ; homme, âme fait à l'image de Dieu et dont le génie sublime s'arrête à un brin d'herbe et ne peut franchir le problème d'un grain de poussière ! Et la lassitude me prit ; je vins à douter de tout. Jeune, j'étais vieux ; mon cœur avait des rides, et en voyant des vieillards encore vifs, pleins d'enthousiasme et de croyances, je riais amèrement sur moi-même, si jeune, si désabusé de la vie, de l'amour, de la gloire, de Dieu, de tout ce qui est, de tout ce qui peut être. J'eus cependant une horreur naturelle avant d'embrasser cette foi au néant ; au bord du gouffre, je fermai les yeux, – j'y tombai.

Je fus content ; je n'avais plus de chute à faire, j'étais froid et calme comme la pierre d'un tombeau. – Je croyais trouver le bonheur dans le doute, insensé que j'étais. – On y roule dans un vide incommensurable.

Ce vide-là est immense et fait dresser les cheveux d'horreur quand on s'approche du bord.

Du doute de Dieu, j'en vins au doute de la vertu, fragile idée que chaque siècle a dressée comme il a pu sur l'échafaudage des lois, plus vacillant encore.

Je vous conterai plus tard toutes les phases de cette vie morne et méditative passée au coin du feu, les bras croisés, avec un éternel bâillement d'ennui – seul pendant tout un jour – et tournant de temps en temps mes regards sur la neige des toits voisins, sur le soleil couchant avec ses jets de pâle lumière, sur le pavé de ma chambre, ou sur une tête de mort jaune, édentée et grinçant sans cesse sur ma cheminée, symbole de la vie et, comme elle, froide et railleuse.

Plus tard, vous lirez peut-être toutes les angoisses de ce cœur si battu, si navré d'amertume. Vous saurez les aventures de cette vie si paisible et si banale, si remplie de sentiments, si vide de faits.

Et vous me direz ensuite si tout n'est pas une dérision et une moquerie, si tout ce qu'on chante dans les écoles, tout ce qu'on délaie dans les livres, tout ce qui se voit, se sent, se parle, si tout ce qui existe…

Je n'achève pas tant j'ai d'amertume à le dire. Eh bien ! si tout cela enfin n'est pas de la pitié, de la fumée, du néant !

III

Je fus au collège dès l'âge de dix ans et j'y contractai de bonne heure une profonde aversion pour les hommes, – cette société d'enfants est aussi cruelle pour ses victimes que l'autre petite société, celle des hommes.

Même injustice de la foule, même tyrannie des préjugés et de la force, même égoïsme quoi qu'on en ait dit sur le désintéressement et la fidélité de la jeunesse. Jeunesse – âge de folie et de rêves, de poésie et de bêtise, synonymes dans la bouche des gens qui jugent le monde *sainement*. J'y fus froissé dans tous mes goûts : dans la classe, pour mes idées ; aux récréations, pour mes penchants de sauvagerie solitaire. Dès lors, j'étais un fou.

J'y vécus donc seul et ennuyé, tracassé par mes maîtres et raillé par mes camarades. J'avais l'humeur railleuse et indépendante, et ma mordante et cynique ironie n'épargnait pas plus le caprice d'un seul que le despotisme de tous.

Je me vois encore, assis sur les bancs de la classe, absorbé dans mes rêves d'avenir, pensant à ce que l'imagination d'un enfant peut rêver de plus sublime, tandis que le pédagogue se moquait de mes vers latins, que mes camarades me regardaient en ricanant. Les imbéciles ! eux, rire de moi ! eux, si faibles, si communs, au cerveau si étroit ; moi, dont l'esprit se noyait sur les limites de la création, qui étais perdu dans tous les mondes de la poésie, qui me sentais plus grand qu'eux tous, qui recevais des jouissances infinies et qui avais des extases célestes devant toutes les révélations intimes de mon âme !

Moi qui me sentais grand comme le monde et qu'une seule de mes pensées, si elle eût été de feu comme la foudre, eût pu réduire en poussière ! pauvre fou !

Je me voyais jeune, à vingt ans, entouré de gloire ; je rêvais de lointains voyages dans les contrées du sud ; je voyais l'Orient et ses sables immenses, ses palais que foulent les chameaux et leurs clochettes d'airain ; je voyais les cavales bondir vers l'horizon rougi par le soleil ; je voyais des vagues bleues, un ciel pur, un sable d'argent ; je sentais le parfum de ces Océans tièdes du midi ; et puis, près de moi, sous une tente, à l'ombre d'un aloès aux larges feuilles, quelque femme à la peau brune, au regard ardent, qui m'entourait de ses deux bras et me parlait la langue des houris.

Le soleil s'abaissait dans le sable, les chamelles et les juments dormaient, l'insecte bourdonnait à leurs mamelles, le vent du soir passait près de nous.

Et, la nuit venue, quand cette lune d'argent jetait ses regards pâles sur le désert, que les étoiles brillaient sur ce ciel d'azur, alors, dans le silence de cette nuit chaude et embaumée, je rêvais des joies infinies, des voluptés qui sont du ciel.

Et c'était encore la gloire, avec ses bruits de mains, ses fanfares vers le ciel, ses lauriers, sa poussière d'or jetée aux vents, – c'était un brillant théâtre avec des femmes parées, des diamants aux lumières, un air lourd, des poitrines haletantes, – puis un recueillement religieux, des paroles dévorantes comme l'incendie, des pleurs, du rire, des sanglots, l'enivrement de la gloire, – des cris d'enthousiasme, le trépignement de la foule, quoi ! – de la vanité, du bruit, du néant.

Enfant, j'ai rêvé l'amour ; – jeune homme, la gloire, – homme, la tombe, ce dernier amour de ceux qui n'en ont plus.

Je percevais aussi l'antique époque des siècles qui ne sont plus et des races couchées sous l'herbe ; je voyais la bande de pèlerins et de guerriers marcher vers le Calvaire, s'arrêter dans le désert, mourant de faim, implorant ce Dieu qu'ils allaient chercher, et, lassée de ses blasphèmes, marcher toujours vers cet horizon sans bornes,– puis, lasse, haletante, arriver enfin au but de son voyage, désespérée et vieille, pour embrasser quelques pierres arides, hommage du monde entier. – Je voyais les chevaliers courir sur les chevaux couverts de fer comme eux ; et les coups de lances dans les tournois ; et le pont de bois s'abaisser pour recevoir le seigneur suzerain qui revient avec son épée rougie et des captifs sur la croupe de ses chevaux ; la nuit encore, dans la sombre cathédrale, toute la nef ornée d'une guirlande de peuples qui montent vers la voûte, dans les

17

galeries, avec des chants ; des lumières qui resplendissent sur les vitraux ; et, dans la nuit de Noël, toute la vieille ville avec ses toits aigus couverts de neige, s'illuminer et chanter.

Mais c'était Rome que j'aimais – la Rome impériale, cette belle reine se roulant dans l'orgie, salissant ses nobles vêtements du vin de la débauche, plus fière de ses vices qu'elle ne l'était de ses vertus. – Néron ! – Néron, avec ses chars de diamant volant dans l'arène, ses mille voitures, ses amours de tigre et ses festins de géant. – Loin des classiques leçons, je me reportais vers tes immenses voluptés, tes illuminations sanglantes, tes divertissements qui brûlent Rome.

Et, bercé dans ces vagues rêveries, ces songes sur l'avenir, emporté par cette pensée aventureuse échappée comme une cavale sans frein qui franchit les torrents, escalade les monts et vole dans l'espace, – je restais des heures entières la tête dans mes mains à regarder le plancher de mon étude, où une araignée jeter sa toile sur la chaire de notre maître. – Et quand je me réveillais avec un grand œil béant, on riait de moi, – le plus paresseux de tous, – qui jamais n'aurait une idée positive, qui ne montrait aucun penchant pour aucune profession, qui serait inutile dans ce monde où il faut que chacun aille prendre sa part du gâteau, et qui, enfin, ne serait jamais bon à rien, tout au plus à faire un bouffon, un montreur d'animaux ou un faiseur de livres.

(Quoique d'une excellente santé, mon genre d'esprit perpétuellement froissé par l'existence que je menais et par le contact des autres, avait occasionné en moi une irritation nerveuse qui me rendait véhément et emporté comme le taureau malade de la piqûre des insectes. – J'avais des rêves, des cauchemars affreux).

Ô la triste et maussade époque ! Je me vois encore errant, seul, dans les longs corridors blanchis de mon collège, à regarder les hiboux et les corneilles s'envoler des combles de la chapelle, ou bien, couché dans ces mornes dortoirs éclairés par la lampe dont l'huile se gelait, dans les nuits, j'écoutais longtemps le vent qui soufflait lugubrement dans les longs appartements vides et qui sifflait dans les serrures en faisant trembler les vitres dans leurs châssis ; j'entendais les pas de l'homme de ronde qui marchait lentement avec sa lanterne, et, quand il venait près de moi, je faisais semblant d'être endormi et je m'endormais, en effet, moitié dans les rêves, moitié dans les pleurs.

IV

C'étaient d'effroyables visions à rendre fou de terreur.

J'étais couché dans la maison de mon père ; tous les meubles étaient conservés, mais tout ce qui m'entourait cependant avait une teinte noire. – C'était une nuit d'hiver et la neige jetait une clarté blanche dans ma chambre ; tout à coup la neige se fondit et les herbes et les arbres prirent une teinte rousse et brûlée comme si un incendie eût éclairé mes fenêtres ; j'entendis des bruits de pas – on montait l'escalier – un air chaud, une vapeur fétide monta jusqu'à moi – ma porte s'ouvrit d'elle-même. On entra, ils étaient beaucoup – peut-être sept à huit, je n'eus pas le temps de les compter. Ils étaient petits ou grands, couverts de barbes noires et rudes – sans armes, mais tous avaient une lame d'acier entre les dents, et, comme ils s'approchèrent en cercle autour de mon berceau, leurs dents vinrent à claquer et ce fut horrible. – Ils écartèrent mes rideaux blancs et chaque doigt laissait une trace de sang ; ils me regardèrent avec de grands yeux fixes et sans paupières ; je les regardai aussi ; je ne pouvais faire aucun mouvement – je voulus crier.

Il me sembla alors que la maison se levait de ses fondements, comme si un levier l'eût soulevée.

Ils me regardèrent ainsi longtemps, puis ils s'écartèrent et je vis que tous avaient un côté du visage sans peau et qui saignait lentement. – Ils soulevèrent tous mes vêtements et tous avaient du sang. – Ils se mirent à manger et le pain qu'ils rompirent laissait échapper du sang, qui tombait goutte à goutte, et ils se mirent à rire, comme le râle d'un mourant.

Puis, quand ils n'y furent plus, tout ce qu'ils avaient touché, les lambris, l'escalier, le plancher, tout cela était rougi par eux.

J'avais un goût d'amertume dans le cœur, il me sembla que j'avais mangé de la chair, et j'entendis un cri prolongé, rauque, aigu et les fenêtres et les portes s'ouvrirent lentement, et le vent les faisait battre et crier, comme une chanson bizarre dont chaque sifflement me déchirait la poitrine avec un stylet.

Ailleurs, c'était dans une campagne verte et émaillée de fleurs, le long d'un fleuve : – j'étais avec ma mère qui marchait du côté de la rive ; – elle tomba. – Je vis l'eau écumer, des cercles s'agrandir et disparaître tout à coup. – L'eau reprit son cours, et puis je n'entendis plus que le bruit de l'eau qui passait entre les joncs et faisait ployer les roseaux.

Tout à coup, ma mère m'appela : Au secours ! Au secours ! ô mon pauvre enfant, au secours ! à moi !

Je me penchai à plat ventre sur l'herbe pour regarder : je ne vis rien ; les cris continuaient.

Une force invincible m'attachait sur la terre – et j'entendais les cris : Je me noie ! je me noie ! À mon secours !

L'eau coulait, coulait limpide, et cette voix que j'entendais du fond du fleuve m'abîmait de désespoir et de rage…

V

Voilà donc comme j'étais : – rêveur insouciant, avec l'humeur indépendante et railleuse, me bâtissant une destinée et rêvant à toute la poésie d'une existence pleine d'amour, vivant aussi sur mes souvenirs, autant qu'à seize ans on peut en avoir.

Le collège m'était antipathique. Ce serait une curieuse étude que ce profond dégoût des âmes nobles et élevées manifesté de suite par le contact et le froissement des hommes. Je n'ai jamais aimé une vie réglée, des heures fixes, une existence d'horloge où il faut que la pensée s'arrête avec la cloche, où tout est remonté d'avance pour des siècles et des générations. Cette régularité sans doute peut convenir au plus grand nombre, mais pour le pauvre enfant qui se nourrit de poésie, de rêves et de chimères, qui pense à l'amour et à toutes les balivernes, c'est l'éveiller sans cesse de ce songe sublime, c'est ne pas lui laisser un moment de repos, c'est l'étouffer en le ramenant dans notre atmosphère de matérialisme et de bon sens dont il a horreur et dégoût.

J'allais à l'écart avec un livre de vers, un roman, de la poésie, quelque chose qui fasse tressaillir ce cœur de jeune homme vierge de sensations et si désireux d'en avoir.

Je me rappelle avec quelle volupté je dévorais alors les pages de Byron et de Werther ; avec quels transports je lus Hamlet, Roméo et les ouvrages les plus brûlants de notre époque, toutes ces œuvres enfin qui fondent l'âme en délices ou la brûlent d'enthousiasme.

Je me nourris donc de cette poésie âpre du Nord qui retentit si bien, comme les vagues de la mer, dans les œuvres de Byron. – Souvent j'en retenais à la première lecture des fragments entiers, et je me les répétais à moi-même, comme une chanson qui vous a charmé et dont la mélodie vous poursuit toujours. Combien de fois n'ai-je pas dit le commencement du Giaour : *Pas un souffle clair…* ou bien dans Childe Harold : *Jadis dans l'antique Albion*, et : *Ô mer, je t'ai toujours aimée.* La platitude de la traduction française disparaissait devant les pensées seules, comme si elles eussent eu un style à elles sans les mots eux-mêmes.

Ce caractère de passion brûlante, joint avec une si profonde ironie, devait agir fortement sur une nature ardente et vierge. Tous ces échos inconnus à la somptueuse dignité des littératures classiques avaient pour moi un parfum de nouveauté, un attrait qui m'attirait sans cesse vers cette poésie géante qui vous donne le vertige et nous fait tomber dans le gouffre sans fond de l'infini.

Je m'étais donc faussé le goût et le cœur, comme disaient mes professeurs, et, parmi tant d'êtres aux penchants si ignobles, mon indépendance d'esprit m'avait fait estimer le plus dépravé de tous ; j'étais ravalé au plus bas rang par la supériorité même. À peine si on me cédait l'imagination, c'est-à-dire, selon eux, une exaltation de cerveau voisine de la folie.

Voilà quelle fut mon entrée dans la société, et l'estime que je m'y attirai.

VI

Si l'on calomniait mon esprit et mes principes, on n'attaquait pas mon cœur, car j'étais bon alors et les misères d'autrui m'arrachaient des larmes.

Je me souviens que, tout enfant, j'aimais à vider mes poches dans celles du pauvre ; de quel sourire ils accueillaient mon passage et quel plaisir aussi j'avais à leur faire du bien. C'est une volupté qui m'est depuis longtemps inconnue – car maintenant j'ai le cœur sec, les larmes se sont séchées. Mais malheur aux hommes qui m'ont rendu corrompu et méchant, de bon et de pur que j'étais ! Malheur à cette aridité de la civilisation qui dessèche et étiole tout ce qui s'élève au soleil de la poésie et du cœur ! Cette vieille société corrompue qui a tout séduit et tout usé. Ce vieux juif cupide mourra de marasme et d'épuisement sur ces tas de fumier qu'il appelle ses trésors, sans poète pour chanter sa mort, sans prêtre pour lui fermer les yeux, sans or pour son mausolée, car il aura tout usé pour ses vices.

VII

Quand donc finira cette société abâtardie par toutes les débauches, débauche d'esprit, de corps et d'âme ?

Alors, il y aura sans doute une joie sur la terre, quand ce vampire menteur et hypocrite qu'on appelle civilisation viendra à mourir. On quittera le manteau royal, le sceptre, les diamants, le palais qui s'écroule, la ville qui tombe, pour aller rejoindre la cavale et la louve. Après avoir passé sa vie dans les palais et usé ses pieds sur les dalles des grandes villes, l'homme ira mourir dans les bois.

La terre sera séchée par les incendies qui l'ont brûlée et toute pleine de la poussière des combats ; le souffle de désolation qui a passé sur les hommes aura passé sur elle, et elle ne donnera plus que des fruits amers et des roses d'épines, et les races s'éteindront au berceau, comme les plantes battues par les vents qui meurent avant d'avoir fleuri.

Car il faudra bien que tout finisse et que la terre s'use à force d'être foulée. Car l'immensité doit être lasse enfin de ce grain de poussière qui fait tant de bruit et trouble la majesté du néant. Il faudra que l'or s'épuise à force de passer dans les mains et de corrompre. Il faudra bien que cette vapeur de sang s'apaise, que le palais s'écroule sous le poids des richesses qu'il recèle, que l'orgie finisse et qu'on se réveille.

Alors il y aura un rire immense de désespoir quand les hommes verront ce vide, quand il faudra quitter la vie pour la mort – pour la mort qui mange, qui a faim toujours. Et tout craquera pour s'écrouler dans le néant – et l'homme vertueux maudira sa vertu et le vice battra des mains.

Quelques hommes encore errants dans une terre aride s'appelleront mutuellement ; ils iront les uns vers les autres, et ils reculeront d'horreur, effrayés d'eux-mêmes et ils mourront. Que sera l'homme alors, lui qui est déjà plus féroce que les bêtes fauves et plus vil que les reptiles ? Adieu pour jamais, chars éclatants, fanfares et renommées, adieu au monde, à ces palais, à ces mausolées, aux voluptés du crime et aux joies de la corruption, – la pierre tombera tout à coup, écrasée par elle-même, et l'herbe poussera dessus ! – Et les palais, les temples, les pyramides, les colonnes, mausolées du roi, cercueil du pauvre, charogne du chien, tout sera à la même hauteur sous le gazon de la terre.

Alors, la mer sans digues battra en repos les rivages, et ira baigner ses flots sur la cendre encore fumante des cités ; les arbres pousseront, verdiront, sans une main pour les casser et les briser ; les fleuves couleront dans des prairies émaillées ; la nature sera libre sans homme pour la contraindre, et cette race sera éteinte, car elle était maudite dès son enfance.

Triste et bizarre époque que la nôtre ! Vers quel océan ce torrent d'iniquités coule-t-il ? Où allons-nous dans une nuit si profonde ? Ceux qui veulent palper ce monde malade se retirent vite, effrayés de la corruption qui s'agite dans ses entrailles.

Quand Rome se sentit à son agonie, elle avait au moins un espoir : elle entrevoyait derrière le linceul la croix radieuse, brillant sur l'éternité. Cette religion a duré deux mille ans et voilà qu'elle s'épuise, qu'elle ne suffit plus, et qu'on s'en moque, – voilà ses églises qui tombent, ses cimetières tassés de morts et qui regorgent.

Et nous, quelle religion aurons-nous ?

Être si vieux que nous le sommes, et marcher encore dans le désert comme les Hébreux qui fixaient d'Égypte.

Où sera la Terre Promise ?

Nous avons essayé de tout et nous renions tout sans espoir – et puis une étrange cupidité nous a pris dans l'âme et l'humanité ; il y a une inquiétude immense qui nous ronge ; il y a un vide dans notre foule. – Nous sentons autour de nous un froid de sépulcre.

L'humanité s'est prise à tourner des machines, et, voyant l'or qui en ruisselait, elle s'est écriée : C'est Dieu. Et ce Dieu-là, elle le mange. Il y a – c'est que tout est fini : adieu ! adieu ! – du vin avant de mourir ! Chacun se rue où le pousse son instinct ; le monde fourmille comme les insectes sur un cadavre ; les poètes passent sans avoir le temps de sculpter leurs pensées, à peine s'ils les jettent sur des feuilles et les feuilles volent ; tout brille et tout retentit dans cette mascarade, sous ses royautés d'un jour et ses sceptres de carton ; l'or roule, le vin ruisselle, la débauche froide lève sa robe et remue... horreur ! horreur ! Et puis, il y a sur tout cela un voile dont chacun prend sa part et se cache le plus qu'il peut.

Dérision ! horreur ! horreur !

VIII

Et il y a des jours où j'ai une lassitude immense, et un sombre ennui m'enveloppe comme un linceul partout où je vais : ses plis m'embarrassent et me gênent, la vie me pèse comme un remords. Si jeune et si lassé de tout, quand il y en a qui sont vieux et encore pleins d'enthousiasme ! et moi, je suis si tombé, si désenchanté. – Que faire ? La nuit, regarder la lune qui jette sur mes lambris ses clartés tremblantes comme un large feuillage, et, le jour, le soleil dorant les toits voisins ? – Est-ce là vivre ; non, c'est la mort, moins le repos du sépulcre.

Et j'ai des petites joies à moi seul, des réminiscences enfantines qui viennent encore me réchauffer dans mon isolement comme des reflets de soleil couchant par les barreaux d'une prison : un rien, la moindre circonstance, un jour pluvieux, un grand soleil, une fleur, un vieux meuble, me rappellent une série de souvenirs qui passent tous, confus, effacés comme des ombres. – Jeux d'enfant sur l'herbe au milieu des marguerites dans les prés, derrière la haie fleurie, le long de la vigne aux grappes dorées, sur la mousse brune et verte, sous les larges feuilles, les frais ombrages. Souvenirs calmes et riants comme un souvenir du premier âge, vous passez près de moi comme des roses flétries.

La jeunesse, ses bouillants transports, ses instincts confus du monde et du cœur, ses palpitations d'amour, ses larmes, ses cris. – Amour du jeune homme, ironies de l'âge mûr ! Oh ! vous revenez souvent avec vos couleurs sombres ou ternes, fuyant, poussées les unes par les autres, comme les ombres qui passent en courant sur les murs, dans les nuits d'hiver. Et je tombe souvent en extase devant le souvenir de quelque bonne journée passée depuis bien longtemps, journée folle et joyeuse, avec des éclats et des rires qui vibrent encore à mes oreilles et qui palpitent encore de gaîté, et qui me fait sourire d'amertume. – C'était quelque course sur un cheval bondissant et couvert d'écume, quelque promenade bien rêveuse sous une large allée

28

couverte d'ombre, à regarder l'eau couler sur les cailloux ; ou une contemplation d'un beau soleil resplendissant avec ses gerbes de feu et ses auréoles rouges. Et j'entends encore le galop du cheval, ses naseaux qui fument ; j'entends l'eau qui glisse, la feuille qui tremble, le vent qui courbe les blés comme une mer.

D'autres sont mornes et froids comme des journées pluvieuses ; des souvenirs amers et cruels qui reviennent aussi – des heures de calvaire passées à pleurer sans espoir, et puis à rire forcément pour chasser les larmes qui cachent les yeux, les sanglots qui couvrent la voix.

Je suis resté bien des jours, bien des ans, assis à ne pensera rien, ou à tout, abîmé dans l'infini que je voulais embrasser, et qui me dévorait.

J'entendais la pluie tomber dans les gouttières, les cloches sonner en pleurant ; je voyais le soleil se coucher et la nuit venir, la nuit dormeuse qui vous apaise, et puis le jour reparaissait – toujours le même avec ses ennuis, son même nombre d'heures à vivre et que je voyais mourir avec joie.

Je rêvais la mer, les lointains voyages, les amours, les triomphes, toutes choses avortées dans mon existence, cadavre avant d'avoir vécu.

Hélas ! tout cela n'était donc pas fait pour moi. Je n'envie pas les autres, car chacun se plaint du fardeau dont la fatalité l'accable ; – les uns le jettent avant l'existence finie, d'autres le portent jusqu'au bout. Et moi, le porterai-je ?

À peine ai-je vu la vie, qu'il y a eu un immense dégoût dans mon âme ; j'ai porté à ma bouche tous les fruits : – ils m'ont semblé amers ; je les ai repoussés, et voilà que je meurs de faim. Mourir si jeune, sans espoir dans la tombe, sans être sûr d'y dormir, sans savoir si sa paix est inviolable ! Se jeter dans les bras du néant et douter s'il vous recevra !

Oui, je meurs, car est-ce vivre de voir son passé comme l'eau écoulée dans la mer, le présent comme une cage, l'avenir comme un linceul ?

IX

Il y a des choses insignifiantes qui m'ont frappé fortement et que je garderai toujours comme l'empreinte d'un fer rouge, quoiqu'elles soient banales et niaises.

Je me rappellerai toujours une espèce de château non loin de ma ville, et que nous allions voir souvent. – C'était une de ces vieilles femmes du siècle dernier qui l'habitait. Tout chez elle avait conservé le souvenir pastoral ; – je vois encore les portraits poudrés, les habits bleu ciel des hommes, et les roses et les œillets jetés sur les lambris avec des bergères et des troupeaux. – Tout avait un aspect vieux et sombre : les meubles, presque tous de soie brodée, étaient spacieux et doux ; – la maison était vieille ; d'anciens fossés, alors plantés de pommiers, l'entouraient, et les pierres qui se détachaient de temps en temps des créneaux allaient rouler jusqu'au fond.

Non loin était le parc planté de grands arbres, avec des allées sombres, des bancs de pierre couverts de mousse, à demi-brisés, entre les branchages et les ronces. – Une chèvre paissait et, quand on ouvrait la grille de fer, elle se sauvait dans le feuillage.

Dans les beaux jours, il y avait des rayons de soleil qui passaient entre les branches et doraient la mousse çà et là.

C'était triste, le vent s'engouffrait dans ces larges cheminées de briques et me faisait peur, – quand le soir surtout les hiboux poussaient leurs cris dans les vastes greniers.

Nous prolongions souvent nos visites assez tard le soir, réunis autour de la vieille maîtresse dans une grande salle couverte de dalles blanches, devant une vaste cheminée en marbre. Je vois encore sa tabatière d'or pleine du meilleur tabac d'Espagne, son carlin aux longs poils blancs, et son petit pied mignon enveloppé dans un joli soulier à haut talon orné d'une rose noire.

Qu'il y a longtemps de tout cela ! La maîtresse est morte, ses carlins aussi, sa tabatière est dans la poche du notaire ; –

le château sert de fabrique, et le pauvre soulier a été jeté à la rivière...........

APRÈS TROIS SEMAINES D'ARRÊT :

... Je suis si lassé que j'ai un profond dégoût à continuer, ayant relu ce qui précède.

Les œuvres d'un homme ennuyé peuvent-elles amuser le public ?

Je vais cependant m'efforcer de divertir davantage l'un et l'autre.

Ici commencent vraiment les mémoires...

X

Ici sont mes souvenirs les plus tendres et les plus pénibles à la fois, et je les aborde avec une émotion toute religieuse. Ils sont vivants à ma mémoire et presque chauds encore pour mon âme, tant cette passion l'a fait saigner. C'est une large cicatrice au cœur qui durera toujours ; mais, au moment de retracer cette page de ma vie, mon cœur bat comme si j'allais remuer des ruines chéries.

Elles sont déjà vieilles ces ruines : en marchant dans la vie, l'horizon s'est écarté par derrière, et que de choses depuis lors ! car les jours semblent longs, un à un, depuis le matin jusqu'au soir. Mais le passé paraît rapide, tant l'oubli rétrécit le cadre qui l'a contenu. Pour moi tout semble vivre encore ; j'entends et je vois le frémissement des feuilles, je vois jusqu'au moindre pli de sa robe. J'entends le timbre de sa voix, comme si un ange chantait près de moi.

Voix douce et pure – qui vous enivre et qui vous fait mourir d'amour, voix qui a un corps, tant elle est belle, et qui séduit, comme s'il y avait un charme à ses mots…

Vous dire l'année précise me serait impossible ; mais alors j'étais fort jeune, – j'avais, je crois, quinze ans ; nous allâmes cette année aux bains de mer de…, village de Picardie, charmant avec ses maisons entassées les unes sur les autres, noires, grises, rouges, blanches, tournées de tous côtés, sans alignement et sans symétrie, comme un tas de coquilles et de cailloux que la vague a poussés sur la côte.

Il y a quelques années personne n'y venait, malgré sa plage d'une demi-lieue de grandeur et sa charmante position ; mais, depuis peu, la vogue s'y est tournée. La dernière fois que j'y fus, je vis quantité de gants-jaunes et de livrées ; on proposait même d'y construire une salle de spectacle.

Alors, tout était simple et sauvage : il n'y avait guère que des artistes et des gens du pays. Le rivage était désert et à marée basse on voyait une plage immense avec un sable gris et

32

argenté qui scintillait au soleil, tout humide encore de la vague. À gauche, des rochers où la mer battait paresseusement, dans ses jours de sommeil, les parois noircies de varech, puis au loin l'océan bleu sous un soleil ardent et mugissant sourdement, comme un géant qui pleure.

Et, quand on rentrait dans le village, c'était le plus pittoresque et le plus chaud spectacle. Des filets noirs et rongés par l'eau étendus aux portes, partout les enfants à moitié nus marchant sur un galet gris, seul pavage du lieu, des marins avec leurs vêtements rouges et bleus ; et tout cela simple dans sa grâce, naïf et robuste, – tout cela empreint d'un caractère de vigueur et d'énergie.

J'allais souvent seul me promener sur la grève ; un jour, le hasard me fit aller vers l'endroit où l'on se baignait. C'était une place, non loin des dernières maisons du village, fréquentée plus spécialement pour cet usage. – Hommes et femmes nageaient ensemble : on se déshabillait sur le rivage ou dans sa maison et on laissait son manteau sur le sable.

Ce jour-là, une charmante pelisse rouge avec des raies noires était restée sur le rivage. La marée montait, le rivage était festonné d'écume, déjà un flot plus fort avait mouillé les franges de soie de ce manteau. Je l'ôtai pour le placer au loin ; l'étoffe en était moelleuse et légère : c'était un manteau de femme.

Apparemment on m'avait vu, car le jour même, au repas de midi, et comme tout le monde mangeait dans une salle commune à l'auberge où nous étions logés, j'entendis quelqu'un qui me disait :

– Monsieur, je vous remercie bien de votre galanterie.

Je me retournai.

C'était une jeune femme assise avec son mari à la table voisine.

– Quoi donc ? lui demandai-je, préoccupé.

– D'avoir ramassé mon manteau : n'est-ce pas vous ?

– Oui, madame, repris-je, embarrassé.

Elle me regarda.

Je baissai les yeux et rougis. Quel regard, en effet ! Comme elle était belle, cette femme ! Je vois encore cette prunelle ardente sous un sourcil noir se fixer sur moi comme un soleil.

Elle était grande, brune, avec de magnifiques cheveux noirs qui lui tombaient en tresses sur les épaules ; son nez était grec, ses yeux brûlants, ses sourcils hauts et admirablement arqués, – sa peau était ardente et comme veloutée avec de l'or ; elle était mince et fine ; on voyait des veines d'azur serpenter sur cette gorge brune et pourprée. Joignez à cela un duvet fin qui brunissait sa lèvre supérieure et donnait à sa figure une expression mâle et énergique à faire pâlir les beautés blondes. On aurait pu lui reprocher trop d'embonpoint ou plutôt un négligé artistique, – aussi les femmes en général la trouvaient-elles de mauvais ton. Elle parlait lentement : c'était une voix modulée, musicale et douce. – Elle avait une robe fine de mousseline blanche qui laissait voir les contours moelleux de son bras.

Quand elle se leva pour partir, elle mit une capote blanche avec un seul nœud rose. Elle le noua d'une main fine et potelée, une de ces mains dont on rêve longtemps et qu'on brûlerait de baisers.

Chaque matin j'allais la voir se baigner ; je la contemplais de loin sous l'eau, j'enviais la vague molle et paisible qui battait sur ses flancs et couvrait d'écume cette poitrine haletante, je voyais le contour de ses membres sous les vêtements mouillés qui la couvraient, je voyais son cœur battre, sa poitrine se gonfler ; je contemplais machinalement son pied se poser sur le sable, et mon regard restait fixé sur la trace de ses pas, et j'aurais pleuré presque en voyant le flot les effacer lentement.

Et puis, quand elle revenait et qu'elle passait près de moi, que j'entendais l'eau tomber de ses habits et le frôlement de sa marche, mon cœur battait avec violence ; je baissais les yeux, le sang me montait à la tête. – J'étouffais. Je sentais ce corps de femme à moitié nu passer près de moi avec le parfum de la vague. Sourd et aveugle, j'aurais deviné sa présence, car il y avait en moi quelque chose d'intime et de doux qui se noyait en extase et en gracieuses pensées, quand elle passait ainsi.

Je crois voir encore la place où j'étais fixé sur le rivage ; je vois les vagues accourir de toutes parts, se briser, s'étendre ; je vois la plage festonnée d'écume ; j'entends le bruit des voix confuses des baigneurs parlant entre eux, j'entends le bruit de ses pas, j'entends son haleine quand elle passait près de moi.

J'étais immobile de stupeur comme si la Vénus fût descendue de son piédestal et s'était mise à marcher. C'est que, pour la première fois alors, je sentais mon cœur, je sentais quelque chose de mystique, d'étrange comme un sens nouveau. J'étais baigné de sentiments infinis, tendres ; j'étais bercé d'images vaporeuses, vagues ; j'étais plus grand et plus fier tout à la fois.

J'aimais.

Aimer, se sentir jeune et plein d'amour, sentir la nature et ses harmonies palpiter en vous, avoir besoin de cette rêverie, de cette action du cœur et s'en sentir heureux ! Ô les premiers battements du cœur de l'homme, ses premières palpitations d'amour ! qu'elles sont douces et étranges ! Et plus tard, comme elles paraissent niaises et sottement ridicules ! Chose bizarre, il y a tout ensemble du tourment et de la joie dans cette insomnie.

– Est-ce par vanité encore ?

… Ah ! l'amour ne serait-il que de l'orgueil ? Faut-il nier ce que les impies respectent ? Faudrait-il rire du cœur ?

Hélas ! hélas !

La vague a effacé les pas de Maria.

Ce fut d'abord un singulier état de surprise et d'admiration, une sensation toute mystique en quelque sorte, toute idée de volupté à part. Ce ne fut que plus tard que je ressentis cette ardeur frénétique et sombre de la chair et de l'âme et qui dévore l'un et l'autre.

J'étais dans l'étonnement du cœur qui sent sa première pulsation. J'étais comme le premier homme quand il eut connu toutes ses facultés.

À quoi je rêvais serait fort impossible à dire. Je me sentais nouveau et tout étranger à moi-même, une voix m'était venue dans l'âme. – Un rien, un pli de sa robe, un sourire, son pied, le moindre mot insignifiant m'impressionnaient comme des

35

choses surnaturelles, et j'avais pour tout un jour à en rêver. Je suivais sa trace à l'angle d'un long mur et le frôlement de ses vêtements me faisait palpiter d'aise.

Non, je ne saurais vous dire combien il y a de douces sensations, d'enivrement du cœur, de béatitude et de folie dans l'amour.

Et maintenant, si rieur sur tout, si amèrement persuadé du grotesque de l'existence, je sens encore que l'amour, cet amour comme je l'ai rêvé au collège sans l'avoir, et que j'ai ressenti plus tard, qui m'a tant fait pleurer et dont j'ai tant ri, combien je crois encore que ce serait tout à la fois la plus sublime des choses, ou la plus bouffonne des bêtises.

Deux êtres jetés sur la terre par un hasard, quelque chose, et qui se rencontrent, s'aiment, parce que l'un est femme et l'autre homme. Les voilà haletants l'un pour l'autre, se promenant ensemble la nuit et se mouillant à la rosée, regardant le clair de lune et le trouvant diaphane, admirant les étoiles et disant sur tous les tons : Je t'aime, tu m'aimes, il m'aime, nous nous aimons ; et répétant cela avec des soupirs, des baisers ; – et puis ils rentrent poussés tous les deux par une ardeur sans pareille, car ces deux âmes ont leurs organes violemment échauffés, et les voilà bientôt grotesquement accouplés avec des rugissements et des soupirs, soucieux l'un et l'autre pour reproduire un imbécile de plus sur la terre, un malheureux qui les imitera. Contemplez-les, plus bêtes en ce moment que les chiens et les mouches, s'évanouissant et cachant soigneusement aux yeux des hommes leur jouissance solitaire, pensant peut-être que le bonheur est un crime et la volupté une honte.

On me pardonnera, je pense, de ne pas parler de l'amour platonique, cet amour exalté comme celui d'une statue ou d'une cathédrale, qui repousse toute idée de jalousie et de possession et qui devrait se trouver entre les hommes mutuellement, mais que j'ai rarement eu l'occasion d'apercevoir. Amour sublime, s'il existait, mais qui n'est qu'un rêve comme tout ce qu'il y a de beau en ce monde.

Je m'arrête ici, car la moquerie du vieillard ne doit pas ternir la virginité des sentiments du jeune homme ; je me serais indigné autant que vous, lecteur, si on m'eût alors tenu un langage aussi cruel. Je croyais qu'une femme était un ange… Oh ! que Molière a eu raison de la comparer à un potage !

XI

Maria avait un enfant, c'était une petite fille. – On l'aimait, on l'embrassait, on l'ennuyait de caresses et de baisers. Comme j'aurais recueilli un seul de ces baisers jetés, comme des perles, avec profusion sur la tête de cette enfant au maillot.

Maria l'allaitait elle-même, et un jour je la vis découvrir sa gorge et lui présenter son sein.

C'était une gorge grasse et ronde, avec une peau brune et des veines d'azur qu'on voyait sous cette chair ardente ; jamais je n'avais vu de femme nue alors. – Ô la singulière extase où me plongea la vue de ce sein, – comme je le dévorai des yeux, comme j'aurais voulu seulement toucher cette poitrine ! il me semblait que si j'eusse posé mes lèvres, mes dents l'auraient mordu de rage. Et mon cœur se fondait en délices en pensant aux voluptés que donnerait ce baiser.

Ô comme je l'ai revue longtemps, cette gorge palpitante, ce long cou gracieux et cette tête penchée avec ses cheveux noirs en papillotes vers cette enfant qui tétait, et qu'elle berçait lentement sur ses genoux en fredonnant un air italien.

XII

Nous fîmes bientôt une connaissance plus intime. Je dis *nous* car pour moi personnellement, je me serais bien hasardé de lui adresser une parole en l'état où sa vue m'avait plongé.

Son mari tenait le milieu entre l'artiste et le commis-voyageur : il était orné de moustaches ; il fumait intrépidement, était vif, bon garçon, amical ; il ne méprisait point la table et je le vis une fois faire trois lieues à pied pour aller chercher un melon à la ville la plus voisine ; il était venu dans sa chaise de poste avec son chien, sa femme, son enfant et vingt-cinq bouteilles de vin du Rhin.

Aux bains de mer à la campagne ou en voyage, on se parle plus facilement, on désire se connaître. Un rien suffit pour la conversation : la pluie et le beau temps bien plus qu'ailleurs y tiennent place. On se récrie sur l'incommodité des logements, sur le détestable de la cuisine d'auberge ; ce dernier trait surtout est du meilleur ton possible. Ô le linge,– est-il sale ! C'est trop poivré, c'est trop épicé ! Ah ! l'horreur, ma chère !

Va-t-on ensemble à la promenade, c'est à qui s'extasiera davantage sur la beauté du paysage. – Que c'est beau, que la mer est belle !

Joignez à cela quelques mots poétiques et boursouflés, deux ou trois réflexions philosophiques entrelardées de soupirs et d'aspirations de nez plus ou moins fortes. Si vous savez dessiner, tirez votre album en maroquin – ou, ce qui est mieux, enfoncez votre casquette sur les yeux, croisez-vous les bras et dormez pour faire semblant de penser.

Il y a des femmes que j'ai flairées bel-esprit à un quart de lieue loin, seulement à la manière dont elles regardaient la vague.

Il faudra vous plaindre des hommes, manger peu et vous passionner pour un rocher, admirer un pré et vous mourir d'amour pour la mer. Ah ! vous serez délicieux alors ; on dira : Le charmant jeune homme ! – quelle jolie blouse il a ! comme ses bottes sont fines ! quelle grâce ! la belle âme ! C'est ce besoin de parler, cet instinct d'aller en troupeau où les plus hardis marchent en tête qui a fait, dans l'origine, les sociétés et qui, de nos jours, forme les réunions.

Ce fut sans doute un pareil motif qui nous fit causer pour la première fois. C'était l'après-midi, il faisait chaud et le soleil dardait dans la salle malgré les auvents. Nous étions restés, quelques peintres, Maria et son mari, et moi, étendus sur des chaises, à fumer, en buvant du grog.

Maria fumait, ou du moins, si un reste de sottise féminine l'en empêchait, elle aimait l'odeur du tabac (monstruosité !) ; elle me donna même des cigarettes.

On causa littérature, sujet inépuisable avec les femmes. – J'y pris ma part, – je parlai longuement et avec feu. – Maria et moi étions parfaitement du même sentiment en fait d'art. Je n'ai jamais entendu personne le sentir avec plus de naïveté et avec moins de prétention. Elle avait des mots simples et expressifs qui partaient en relief et surtout avec tant de négligé et de grâce, tant d'abandon, de nonchalance, – vous auriez dit qu'elle chantait.

Un soir, son mari nous proposa une partie de barque. – Il faisait le plus beau temps du monde. Nous acceptâmes.

XIII

Comment rendre par des mots ces choses pour lesquelles il n'y a pas de langage, ces impressions du cœur, ces mystères de l'âme inconnus à elle-même, comment vous dirai-je tout ce que j'ai ressenti, tout ce que j'ai pensé, toutes les choses dont j'ai joui cette soirée-là ?

C'était une belle nuit d'été. Vers neuf heures, nous montâmes sur la chaloupe, – on rangea les avirons, nous partîmes. Le temps était calme, la lune se reflétait sur la surface unie de l'eau et le sillon de la barque faisait vaciller son image sur les flots. La marée se mit à remonter et nous sentîmes les premières vagues bercer lentement la chaloupe. On se taisait, – Maria se mit à parler. – Je ne sais ce qu'elle dit, je me laissais enchanter par le son de ses paroles comme je me laissais bercer par la mer. – Elle était près de moi, je sentais le contour de son épaule et le contact de sa robe ; elle levait son regard vers le ciel, pur, étoilé, resplendissant de diamants et se mirant dans les vagues bleues.

C'était un ange – à la voir ainsi la tête levée avec ce regard céleste.

J'étais navré d'amour, j'écoutais les deux rames se lever en cadence, les flots battre les flancs de la barque, je me laissais toucher par tout cela, j'écoutais la voix de Maria douce et vibrante.

Est-ce que je pourrai jamais vous dire toutes les mélodies de sa voix, toutes les grâces de son sourire, toutes les beautés de son regard ? Vous dirai-je jamais comme c'était quelque chose à faire mourir d'amour, que cette nuit pleine du parfum de la mer, avec ses vagues transparentes, son sable argenté par la lune, cette onde belle et calme, ce ciel resplendissant, et puis, près de moi, cette femme – toutes les joies de la terre, toutes ses voluptés, ce qu'il y a de plus doux, de plus enivrant.

C'était tout, le charme d'un rêve avec toutes les jouissances du vrai.

Je me laissais entraîner par toutes ces émotions, je m'y avançais plus avant avec une joie insatiable, je m'enivrais à plaisir de ce calme plein de voluptés, de ce regard de femme, de cette voix ; je me plongeais dans mon cœur et j'y trouvais des voluptés infinies.

Comme j'étais heureux, – bonheur du crépuscule qui tombe dans la nuit, bonheur qui passe comme la vague expirée, comme le rivage… On revint. – On descendit, je conduisis Maria jusque chez elle, – je ne lui dis pas un mot, j'étais timide ; je la suivais, je rêvais d'elle, du bruit de sa marche – et, quand elle fut entrée, je regardai longtemps le mur de sa maison éclairé par les rayons de la lune ; je vis sa lumière briller à travers les vitres, et je la regardais de temps en temps – en retournant par la grève – puis, quand cette lumière eut disparu : – Elle dort, me dis-je. Et puis tout à coup une pensée vint m'assaillir, pensée de rage et de jalousie. – Oh ! non, elle ne dort pas, – et j'eus dans l'âme toutes les tortures d'un damné.

Je pensai à son mari, à cet homme vulgaire et jovial, et les images les plus hideuses vinrent s'offrir devant moi. J'étais comme ces gens qu'on fait mourir de faim dans des cages, et entourés des mets les plus exquis.

J'étais seul sur la grève. – Seul. – Elle ne pensait pas à moi. En regardant cette solitude immense devant moi – et cette autre solitude plus terrible encore, je me mis à pleurer comme un enfant,– car près de moi, à quelques pas, elle était là, derrière ces murs que je dévorais du regard, – elle était là, belle et nue, avec toutes les voluptés de la nuit, toutes les grâces de l'amour, toutes les chastetés de l'hymen. – Cet homme n'avait qu'à ouvrir les bras et elle venait sans efforts – sans attendre – elle venait à lui, et ils s'aimaient, ils s'embrassaient. – À lui toutes ses joies, tous ses délices à lui. Mon amour sous ses pieds ; à lui, cette femme toute entière, sa tête, sa gorge, ses seins, son corps, son âme, – ses sourires, ses deux bras qui l'entourent, ses paroles d'amour ; à lui, tout ; à moi, rien.

Je me mis à rire, car la jalousie m'inspira des pensées obscènes et grotesques ; alors je les souillai tous les deux, j'amassai sur eux les ridicules les plus amers, et ces images qui m'avaient fait pleurer d'envie – je m'efforçai d'en rire de pitié.

La marée commençait à redescendre et, de place en place, on voyait de grands trous pleins d'eau argentée par la lune, – des places de sable encore mouillé couvertes de varechs, çà et là quelques rochers à fleur d'eau, ou se dressant plus haut, noirs et blancs ; des filets dressés et déchirés par la mer – qui se retirait en grondant.

Il faisait chaud, j'étouffais. – Je rentrai dans la chambre de mon auberge. Je voulus dormir ; j'entendais toujours les flots aux côtés du canot, j'entendais la rame tomber, j'entendais la voix de Maria qui parlait ; – j'avais du feu dans les veines : – tout cela repassait devant moi – et la promenade du soir, – et celle de la nuit, sur le rivage, – je voyais Maria couchée – et je m'arrêtais là, car le reste me faisait frémir. J'avais de la lave dans l'âme ; j'étais harassé de tout cela et, couché sur le dos, je regardais ma chandelle brûler et son disque trembler au plafond ; c'était avec un hébètement stupide que je voyais le suif couler autour du flambeau de cuivre et la flammèche noire s'allonger dans la flamme.

Enfin le jour vint à paraître, – je m'endormis.

XIV

Il fallut partir. Nous nous séparâmes sans pouvoir lui dire adieu. Elle quitta les bains le même jour que nous, – c'était un dimanche : – elle partit le matin, nous le soir.

Elle partit et je ne la revis plus. Adieu pour toujours ! elle partit comme la poussière de la route qui s'envola derrière ses pas. Comme j'y ai pensé depuis ! combien d'heures, confondu devant le souvenir de son regard, ou l'intonation de ses paroles !

Enfoncé dans la voiture, je reportais mon cœur plus avant dans la route que nous avions parcourue, je me replaçais dans le passé qui ne reviendrait plus, je pensais à la mer, à ses vagues, à son rivage, à tout ce que je venais de voir, tout ce que j'avais senti, les paroles dites, les gestes, les actions, la moindre chose, tout cela palpitait et vivait. C'était dans mon cœur un chaos, un bourdonnement immense, une folie.

Tout était passé comme un rêve. Adieu pour toujours à ces belles fleurs de la jeunesse si vite fanées et vers lesquelles plus tard on se reporte de temps en temps avec amertume et plaisir tout à la fois. Enfin, je vis les maisons de ma ville, je rentrai chez moi ; tout m'y parut désert et lugubre, vide et creux. Je me mis à vivre, à boire, à manger, à dormir.

L'hiver vint et je rentrai au collège.

XV

Si je vous disais que j'ai aimé d'autres femmes, je mentirais comme un infâme.

Je l'ai cru cependant, je me suis efforcé d'attacher mon cœur à d'autres passions : il y a glissé comme sur la glace.

Quand on est enfant, on a tant lu de choses sur l'amour, on trouve ce mot-là si mélodieux, on le rêve tant, on souhaite si fort d'avoir ce sentiment qui vous fait palpiter à la lecture des romans et des drames, qu'à chaque femme qu'on voit on se dit : n'est-ce pas là l'amour ? On s'efforce d'aimer pour se faire homme.

Je n'ai pas été exempt plus qu'aucun autre de cette faiblesse d'enfant, j'ai soupiré comme un poète élégiaque, et, après bien des efforts, j'étais tout étonné de me trouver quelquefois quinze jours sans avoir pensé à celle que j'avais choisie pour rêver. Toute cette vanité d'enfant s'effaça devant Maria.

Mais je dois remonter plus haut : c'est un serment que j'ai fait de tout dire ; le fragment qu'on va lire avait été composé en partie en décembre dernier, avant que j'eusse eu l'idée de faire les Mémoires d'un fou.

Comme il devait être isolé, je l'avais mis dans le cadre qui suit…

Le voici tel qu'il était.

Parmi tous les rêves du passé, les souvenirs d'autrefois et mes réminiscences de jeunesse, j'en ai conservé un bien petit nombre avec quoi je m'amuse aux heures d'ennui. À l'évocation d'un nom, tous les personnages reviennent avec leurs costumes et leur langage jouer leur rôle comme ils le jouèrent dans ma vie, et je les vois agir devant moi comme un Dieu qui s'amuserait à regarder ses mondes créés. Un surtout, le premier amour, qui ne fut jamais violent ni passionné, effacé depuis par d'autres désirs, mais qui reste encore au fond de mon cœur comme une antique voie romaine qu'on aurait traversée par l'ignoble wagon d'un chemin de fer. C'est le récit de ces premiers battements du cœur, de ces commencements des voluptés indéfinies et vagues, de toutes les vaporeuses choses qui se passent dans l'âme d'un enfant à la vue des seins d'une femme, de ses yeux, à l'audition de ses chants et de ses paroles ; c'est ce salmigondis de sentiment et de rêverie que je devais étaler comme un cadavre devant un cercle d'amis qui vinrent un jour dans l'hiver, en décembre, pour se chauffer et me faire causer paisiblement au coin du feu, tout en fumant une pipe dont on arrose l'âcreté par un liquide quelconque.

Après que tous furent venus, que chacun se fut assis, qu'on eut bourré sa pipe et empli son verre, après que nous fûmes en cercle autour du feu, l'un avec les pincettes en main, l'autre soufflant, un troisième remuant les cendres avec sa canne, et que chacun eut une occupation, je commençai.

– Mes chers amis, leur dis-je, vous passerez bien quelque chose, quelque mot de vanité qui se glissera dans le récit.

(Une adhésion de toutes les têtes m'engagea à commencer).

Je me rappelle que c'était un jeudi, vers le mois de novembre, il y a deux ans. (J'étais, je crois, en cinquième). La première fois que je la vis, elle déjeunait chez ma mère quand j'entrai d'un pas précipité, comme un écolier qui a flairé toute la semaine le repas du jeudi. Elle se détourna ; à peine si je la saluai, car j'étais alors si niais et si enfant que je ne pouvais voir une femme, de celles du moins qui ne m'appelaient pas un enfant comme les dames ou un ami comme les petites filles, sans rougir ou plutôt sans rien faire et sans rien dire.

Mais, grâce à Dieu, j'ai gagné depuis en vanité et en effronterie tout ce que j'ai perdu en innocence et en candeur.

Elles étaient deux jeunes filles, des sœurs, des camarades de la mienne, de pauvres Anglaises qu'on avait fait sortir de leur pension pour les mener au grand air, dans la campagne, pour les promener en voiture, les faire courir dans le jardin, et les amuser enfin sans l'œil d'une surveillante qui jette de la tiédeur et de la retenue dans les ébats de l'enfance. La plus âgée avait quinze ans ; la seconde, douze à peine : celle-ci était petite et mince, ses yeux étaient plus vifs, plus grands et plus beaux que ceux de sa sœur aînée ; mais celle-ci avait une tête si ronde et si

46

gracieuse, sa peau était si fraîche, si rosée, ses dents courtes si blanches sous ses lèvres rosées, et tout cela était si bien encadré par des bandeaux de jolis cheveux châtains qu'on ne pouvait s'empêcher de lui donner la préférence. Elle était petite et peut-être un peu grosse : c'était son défaut le plus visible ; mais ce qui me charmait le plus en elle, c'était une grâce enfantine sans prétention, un parfum de jeunesse qui embaumait autour d'elle. Il y avait tant de naïveté et de candeur que les plus impies même ne pouvaient s'empêcher d'admirer.

Il me semble la voir encore, à travers les vitres de ma chambre, qui courait dans le jardin avec d'autres camarades. Je vois encore leur robe de soie onduler brusquement sur leurs talons en bruissant, et leurs pieds se relever pour courir sur les allées sablées du jardin ; puis s'arrêter haletantes, se prendre réciproquement par la taille et se promener gravement, en causant, sans doute, de fêtes, de danses, de plaisirs et d'amours, les pauvres filles !

L'intimité exista bientôt entre nous tous ; au bout de quatre mois je l'embrassais comme ma sœur ; nous nous tutoyions tous. J'aimais tant à causer avec elle ; son accent étranger avait quelque chose de fin et de délicat qui rendait sa voix fraîche comme ses joues.

D'ailleurs, il y a dans les mœurs anglaises un négligé naturel et un abandon de toutes nos convenances qu'on pourrait prendre pour une coquetterie raffinée, mais qui n'est qu'un charme qui attire, comme ces feux-follets qui fuient sans cesse.

Souvent nous faisions des promenades en famille, et je me souviens qu'un jour, dans l'hiver, nous allâmes voir une vieille dame qui demeurait sur une côte qui domine la ville. Pour arriver chez elle, il fallait traverser des vergers plantés de pommiers où l'herbe était haute et mouillée ; un brouillard ensevelissait la ville et, du haut de notre colline, nous voyions les toits entassés et rapprochés couverts de neige ; et puis le silence de la campagne, et au loin le bruit éloigné des pas d'une vache ou d'un cheval dont le pied s'enfonce dans les ornières.

En passant par une barrière peinte en blanc, son manteau s'accrocha aux épines de la haie ; j'allai le détacher, elle me dit :

47

Merci, avec tant de grâce et de laisser-aller que j'en rêvai tout le jour.

Puis elles se mirent à courir et leurs manteaux, que le vent levait derrière elles, flottaient en ondulant comme un flot qui descend ; elles s'arrêtèrent essoufflées. Je me rappelle encore leurs haleines qui bruissaient à mes oreilles et qui partaient d'entre leurs dents blanches en vaporeuse fumée.

Pauvre fille ! Elle était si bonne et m'embrassait avec tant de naïveté.

Les vacances de Pâques arrivèrent. Nous allâmes les passer à la campagne.

Je me rappelle un jour... – il faisait chaud – sa ceinture était égarée, sa robe était sans taille.

Nous nous promenâmes ensemble, foulant la rosée des herbes et des fleurs d'avril, elle avait un livre à la main... C'était des vers, je crois. Elle le laissa tomber. Notre promenade continua.

Elle avait couru, je l'embrassai sur le cou ; mes lèvres restèrent collées sur cette peau satinée et mouillée d'une sueur embaumante.

Je ne sais de quoi nous parlâmes... des premières choses venues.

– Voilà que tu vas devenir bête, dit un des auditeurs en m'interrompant.

– D'accord, mon cher, le cœur est stupide.

L'après-midi, j'avais le cœur rempli d'une joie douce et vague. Je rêvais délicieusement en pensant à ses cheveux papillotés qui encadraient ses yeux vifs, et à sa gorge déjà formée que j'embrassais toujours aussi bas *qu'un fichu rigoriste* me le permettait. Je montai dans les champs, j'allai dans les bois, je m'assis dans un fossé et je pensai à elle.

J'étais couché à plat ventre, j'arrachais les brins d'herbe, les marguerites d'avril, et, quand je levais la tête, le ciel blanc et maté formait sur moi un dôme d'azur qui s'enfonçait à l'horizon

48

derrière les prés verdoyants ; par hasard, j'avais du papier et un crayon : je fis des vers...

(Tout le monde se mit à rire).

... les seuls que j'aie jamais faits de ma vie ; il y en avait peut-être trente ; à peine fus-je une demi-heure, car j'eus toujours une admirable facilité d'improvisation pour les bêtises de toute sorte ; mais ces vers, pour la plupart, étaient faux comme des protestations d'amour, boiteux comme le bien.

Je me rappelle qu'il y avait :

... quand le soir
Fatiguée du jeu et de la balançoire...

Je me battais les flancs pour peindre une chaleur que je n'avais vue que dans les livres ; puis, à propos de rien, je passais à une mélancolie sombre et digne d'Antony, quoique réellement j'eusse l'âme imbibée de candeur et d'un tendre sentiment mêlé de niaiserie, de réminiscences suaves et de parfums du cœur, et je disais à propos de rien :

Ma douleur est amère, ma tristesse profonde
Et j'y suis enseveli, comme un homme en la tombe.

Les vers n'étaient même pas des vers, mais j'eus le sens de les brûler, manie qui devrait tenailler la plupart des poètes.

Je rentrai à la maison et la retrouvai qui jouait sur le rond de gazon. La chambre où elles couchèrent était voisine de la mienne, je les entendis rire et causer longtemps... tandis que moi... je m'endormis bientôt comme elle... malgré tous les efforts que je fis pour veiller le plus possible. Car vous avez fait sans doute comme moi à quinze ans, vous avez cru une fois aimer de cet amour brûlant et frénétique, comme vous en avez vu dans les livres, tandis que vous n'aviez sur l'épiderme du cœur qu'une légère égratignure de cette griffe de fer qu'on nomme la passion, et vous souffliez de toutes les forces de votre imagination sur ce modeste feu qui brûlait à peine.

Il y a tant d'amour de la vie pour l'homme ! À quatre ans, amour des chevaux, du soleil, des fleurs, des armes qui brillent, des livrées de soldats ; à dix, amour de la petite fille qui joue avec vous ; à treize, amour d'une grande femme à la gorge

49

replète, car je me rappelle que ce que les adolescents adorent à la folie, c'est une poitrine de femme, blanche et matée, et, comme dit Marot :

Tetin refaict plus blanc qu'un œuf,
Tetin de satin blanc tout neuf.

Je faillis me trouver mal la première fois que je vis tout nus les deux seins d'une femme. Enfin, à quatorze ou quinze, amour d'une jeune fille qui vient chez vous : un peu plus qu'une sœur, moins qu'une amante ; puis à seize, amour d'une autre femme jusqu'à vingt-cinq ; puis on aime peut-être la femme avec qui on se mariera.

Cinq ans plus tard, on aime la danseuse qui fait sauter sa robe de gaze sur ses cuisses charnues ; enfin, à trente-six, amour de la députation, de la spéculation des honneurs ; à cinquante, amour du dîner du ministre ou de celui du maire ; à soixante, amour de la fille de joie qui vous appelle à travers les vitres et vers laquelle on jette un regard d'impuissance, un regret vers le passé.

Tout cela n'est-il pas vrai ? car moi j'ai subi tous ces amours, pas tous cependant, car je n'ai pas vécu toutes mes années et chaque année dans la vie de bien des hommes est marquée par une passion nouvelle – celle des femmes, celle du jeu, des chevaux, des bottes fines, des cannes, des lunettes, des voitures, des places.

Que de folie dans un homme ! Oh ! sans contredit, l'habit d'un arlequin n'est pas plus varié dans ses nuances que l'esprit humain ne l'est dans ses folies, et tous deux arrivent au même résultat, celui de se râper l'un et l'autre et de faire rire quelque temps : le public pour son argent, le philosophe pour sa science...

(– Au récit ! demanda un des auditeurs impassible jusque-là et qui ne quitta sa pipe que pour jeter, sur ma digression qui montait en fumée, la salive de son reproche).

... Je ne sais guère que dire ensuite, car il y a une lacune dans l'histoire, un vers de moins dans l'élégie ; plusieurs temps passèrent donc de la sorte. Au mois de mai, la mère de ces jeunes filles vint en France conduire leur frère. C'était un charmant garçon, blond comme elle et pétillant de *gaminerie* et d'orgueil britannique.

Leur mère était une femme pâle, maigre et nonchalante. Elle était vêtue de noir ; ses manières et ses paroles, sa tenue avaient un air nonchalant, un peu molasse, il est vrai, mais qui ressemblait au *farniente* italien. Tout cela, cependant, était parfumé de bon goût, reluisant d'un vernis aristocratique. Elle resta un mois en France.

… Puis elle repartit et nous vécûmes ainsi comme si tous étaient de la famille, allant toujours ensemble dans nos promenades, nos vacances, nos congés.

Nous étions tous frères et sœurs.

Il y avait dans nos rapports de chaque jour tant de grâce et d'effusion, d'intimité et de laisser-aller, que cela peut-être dégénéra en amour, de sa part du moins, et j'en eus des preuves évidentes.

Pour moi, je peux me donner le rôle d'un homme moral, car je n'avais point de passion. – Je l'aurais bien voulu.

Souvent, elle venait vers moi, me prenait autour de la taille ; elle me regardait, elle causait – la charmante petite fille ; – elle me demandait des livres, des pièces de théâtre dont elle ne m'a rendu qu'un fort petit nombre. – Elle montait dans ma chambre. J'étais assez embarrassé. Pouvais-je supposer tant d'audace dans une femme ou tant de naïveté ? Un jour, elle se coucha sur mon canapé dans une position très équivoque ; j'étais assis près d'elle sans rien dire.

Certes, le moment était critique : je n'en profitai pas.

Je la laissai partir.

D'autres fois, elle m'embrassait en pleurant. Je ne pouvais croire qu'elle m'aimait réellement. Ernest en était persuadé, il me le faisait remarquer, me traitait d'imbécile.

Tandis que vraiment j'étais tout à la fois timide et nonchalant.

C'était quelque chose de doux, d'enfantin, qu'aucune idée de possession ne ternissait, mais qui par cela même manquait d'énergie. C'était trop niais cependant pour être du platonicisme.

51

Au bout d'un an, leur mère vint en France, puis, au bout d'un mois, elle repartit pour l'Angleterre.

Ses filles avaient été tirées de pension et logeaient avec leur mère dans une rue déserte au second étage.

Pendant son voyage je les voyais souvent aux fenêtres. Un jour que je passais, Caroline m'appela : je montai.

Elle était seule, elle se jeta dans mes bras et m'embrassa avec effusion. Ce fut la dernière fois, car depuis elle se maria.

Son maître de dessin lui avait fait des visites fréquentes. On projeta un mariage ; il fut noué et dénoué cent fois. Sa mère revint d'Angleterre sans son mari, dont on n'a jamais entendu parler.

Caroline se maria au mois de janvier. Un jour je la rencontrai avec son mari ; à peine si elle me salua.

Sa mère a changé de logement et de manières. Elle reçoit maintenant chez elle des garçons tailleurs et des étudiants, elle va aux bals masqués et y mène sa jeune fille.

Il y a dix-huit mois que nous ne les avons vus.

Voilà comment finit cette liaison qui promettait peut-être une passion avec l'âge, mais qui se dénoua d'elle-même.

Est-il besoin de dire que cela avait été de l'amour ce que le crépuscule est au grand jour et que le regard de Maria fit évanouir le souvenir de cette pâle enfant !

C'est un petit feu qui n'est plus que de la cendre froide.

XVI

Cette page est courte, je voudrais qu'elle le fût davantage.
Voici le fait.

La vanité me poussa à l'amour, non, à la volupté – pas même
à cela – à la chair.

On me raillait de ma chasteté – j'en rougissais – elle
me faisait honte, elle me pesait comme si elle eût été de la
corruption.

Une femme se présenta à moi, je la pris – et je sortis de ses
bras plein de dégoût et d'amertume. Mais, alors, je pouvais faire
le Lovelace d'estaminet, dire autant d'obscénités qu'un autre
autour d'un bol de punch – j'étais un homme alors, j'avais été
comme un devoir faire du vice – et puis je m'en étais vanté. –
J'avais quinze ans – je parlais de femme et de maîtresse.

Cette femme-là, – je la pris en haine ; elle venait à moi – je
la laissais ; elle faisait des frais de sourire qui me dégoûtaient
comme une grimace hideuse.

J'eus des remords – comme si l'amour de Maria eût été une
religion que j'eusse profanée.

XVII

Je me demandais si c'était bien là les délices que j'avais rêvés, ces transports de feu que je m'étais imaginés dans la virginité de ce cœur tendre et enfant. – Est-ce là tout ? est-ce qu'après cette froide jouissance, il ne doit pas y en avoir une autre, plus sublime, plus large, quelque chose de divin et qui fasse tomber en extase ? Oh ! non, tout était fini ; j'avais été éteindre dans la boue ce feu sacré de mon âme. – Ô Maria, j'avais été traîner dans la fange l'amour que ton regard avait créé, je l'avais gaspillé à plaisir, à la première femme venue, sans amour, sans désir, poussé par une vanité d'enfant – par un calcul d'orgueil, pour ne plus rougir à la licence, pour faire une bonne contenance dans une orgie ! pauvre Maria...

J'étais lassé, un dégoût profond me prit à l'âme. – Et j'eus en pitié ces joies d'un moment, et ces convulsions de la chair.

Il fallait que je fusse bien misérable. – Moi qui étais si fier de cet amour si haut, de cette passion sublime, et qui regardais mon cœur comme plus large et plus beau que ceux des autres hommes ; moi – aller comme eux... Oh ! non, pas un d'eux peut-être ne l'a fait pour les mêmes motifs ; presque tous y ont été poussés par les sens ; ils ont obéi comme le chien à l'instinct de la nature, mais il y avait bien plus de dégradation à en faire un calcul, à s'exciter à la corruption, à aller se jeter dans les bras d'une femme, à manier sa chair, à se vautrer dans le ruisseau, pour se relever et montrer ses souillures.

Et puis j'en eus honte comme d'une lâche profanation ; j'aurais voulu cachera mes propres yeux l'ignominie dont je m'étais vanté.

Je me reportais vers ces temps où la chair pour moi n'avait rien d'ignoble et où la perspective du désir me montrait des formes vagues et des voluptés que mon cœur me créait.

Non, jamais on ne pourra dire tous les mystères de l'âme vierge, toutes les choses qu'elle sent, tous les mondes qu'elle enfante, comme ses rêves sont délicieux ! comme ses pensées sont vaporeuses et tendres ! comme sa déception est amère et cruelle !

Avoir aimé, avoir rêvé le ciel, avoir vu tout ce que l'âme a de plus pur, de plus sublime, et s'enchaîner ensuite dans toutes les lourdeurs de la chair, toute la langueur du corps. Avoir rêvé le ciel et tomber dans la boue !

Qui me rendra maintenant toutes les choses que j'ai perdues : ma virginité, mes rêves, mes illusions, toutes choses fanées, pauvres fleurs que la gelée a tuées avant d'être épanouies.

XVIII

Si j'ai éprouvé des moments d'enthousiasme, c'est à l'art que je les dois. Et cependant quelle vanité que l'art ! vouloir peindre l'homme dans un bloc de pierre, ou l'âme dans des mots, les sentiments par des sons et la nature sur une toile vernie…

Je ne sais quelle puissance magique possède la musique ; j'ai rêvé des semaines entières au rythme cadencé d'un air ou aux larges contours d'un chœur majestueux ; il y a des sons qui m'entrent dans l'âme et des voix qui me fondent en délices.

J'aimais l'orchestre grondant avec ses flots d'harmonie, ses vibrations sonores et cette vigueur immense qui semble avoir des muscles et qui meurt au bout de l'archet. Mon âme suivait la mélodie déployant ses ailes vers l'infini et montant en spirales, pure et lente, comme un parfum vers le ciel.

J'aimais le bruit, les diamants qui brillent aux lumières, toutes ces mains de femmes gantées et applaudissant avec des fleurs ; je regardais le ballet sautillant, les robes roses ondoyantes, j'écoutais les pas tomber en cadence, je regardais les genoux se détacher mollement avec les tailles penchées.

D'autres fois, recueilli devant les œuvres du génie, saisi par les chaînes avec lesquelles il vous attache, alors au murmure de ces voix au glapissement flatteur, à ce bourdonnement plein de charmes, j'ambitionnais la destinée de ces hommes forts qui manient la foule comme du plomb, qui la font pleurer, gémir, trépigner d'enthousiasme. Comme leur cœur doit être large à ceux-là qui y font entrer le monde, et comme tout est avorté dans ma nature ? Convaincu de mon impuissance et de ma stérilité, je me suis pris d'une haine jalouse ; je me disais que cela n'était rien, que le hasard seul avait dicté ces mots. Je jetais de la boue sur les choses les plus hautes que j'enviais.

Je m'étais moqué de Dieu ; je pouvais bien rire des hommes.

Cependant cette sombre humeur n'était que passagère et j'éprouvai un vrai plaisir à contempler le génie resplendissant au foyer de l'art comme une large fleur qui ouvre une rosace de parfum à un soleil d'été.

L'art ! l'art ! quelle belle chose que cette vanité !

S'il y a sur la terre et parmi tous les néants une croyance qu'on adore, s'il est quelque chose de saint, de pur, de sublime, quelque chose qui aille à ce désir immodéré de l'infini et du vague que nous appelons âme, c'est l'art.

Et quelle petitesse ! une pierre, un mot, un son, la disposition de tout cela que nous appelons le sublime.

Je voudrais quelque chose qui n'eût pas besoin d'expression ni de forme, quelque chose de pur comme un parfum, de fort comme la pierre, d'insaisissable comme un chant, que ce fût à la fois tout cela et rien d'aucune de ces choses.

Tout me semble borné, rétréci, avorté dans la nature.

L'homme avec son génie et son art n'est qu'un misérable singe de quelque chose de plus élevé.

Je voudrais le beau dans l'infini et je n'y trouve que le doute.

XIX

Ô l'infini, l'infini, gouffre immense, spirale qui monte des abîmes aux plus hautes régions de l'inconnu, – vieille idée dans laquelle nous tournons tous, pris par le vertige, – abîme que chacun a dans le cœur, abîme incommensurable, abîme sans fond !

Nous aurons beau pendant bien des jours, bien des nuits, nous demander dans notre angoisse : Qu'est-ce que ce mot : Dieu – éternité – infini ? Nous tournons là-dedans, emportés par un vent de la mort, comme la feuille roulée par l'ouragan. On dirait que l'infini prend alors plaisir à nous bercer nous-mêmes dans cette immensité du doute.

– Nous nous disons toujours cependant : après bien des siècles, des milliers d'ans, quand tout sera usé, il faudra bien qu'une borne soit là.

Hélas ! l'éternité se dresse devant nous et nous en avons peur, – peur de cette chose qui doit durer si longtemps, nous qui durons si peu... Si longtemps !

Sans doute, quand le monde ne sera plus (que je voudrais vivre alors, – vivre sans nature, sans homme, – quelle grandeur que ce vide-là !), sans doute alors il y aura des ténèbres, un peu de cendre brûlée qui aura été la terre, et peut-être quelques gouttes d'eau, la mer.

Ciel ! plus rien, du vide, que le néant étalé dans l'immensité comme un linceul ! Éternité ? éternité ! – cela durera-t-il toujours ?... toujours... sans fin !

Mais cependant ce qui restera, la moindre parcelle des débris du monde, le dernier souffle d'une création mourante, le vide lui-même, devra être las d'exister. – Tout appellera une destruction totale.

Cette idée de quelque chose sans fin nous fait pâlir. – Hélas ! et nous serons là-dedans, nous autres qui vivons maintenant – et cette immensité nous roulera tous. Que serons-nous ? Un rien, – pas même un souffle.

J'ai longtemps pensé aux morts dans les cercueils, aux longs siècles qu'ils passent ainsi sous la terre, pleine de bruit, de rumeurs et de cris, eux si calmes, dans leurs planches pourries et dont le morne silence est interrompu, parfois, par un cheveu qui tombe ou par un ver qui glisse sur un peu de chair. – Comme ils dorment là, couchés sans bruit, – sous la terre, sous le gazon fleuri !

Cependant, l'hiver ils doivent avoir froid sous la neige.

Oh ! s'ils se réveillaient alors, – s'ils venaient à revivre et qu'ils vissent toutes les larmes dont on a paré leur drap de mort taries, tous ces sanglots étouffés, – toutes les grimaces finies. – Ils auraient horreur de cette vie qu'ils ont pleurée en la quittant – et ils retourneraient vite dans le néant si calme et si vrai.

Certes, on peut vivre et mourir même, sans s'être demandé une seule fois ce que c'est que la vie et que la mort.

Mais pour celui qui regarde les feuilles trembler au souffle du vent, les rivières serpenter dans les prés, la vie se tourmenter et tourbillonner dans les choses, les hommes vivre, faire le bien et le mal, la mer rouler ses flots et le ciel dérouler ses lumières, et qui se demande : pourquoi ces feuilles ? pourquoi l'eau coule-t-elle ? pourquoi la vie elle-même est-elle un torrent si terrible et qui va se perdre dans l'océan sans borne de la mort ? pourquoi les hommes marchent-ils, travaillent-ils comme des fourmis ? pourquoi la tempête ? pourquoi le ciel si pur et la terre si infâme ? Ces questions mènent à des ténèbres d'où l'on ne sort pas.

Et le doute vient après : c'est quelque chose qui ne se dit pas, mais qui se sent. – L'homme alors est comme ce voyageur perdu dans les sables qui cherche partout une route pour le conduire à l'oasis, et qui ne voit que le désert.

Le doute, c'est la vie ! – L'action, la parole, la nature, la mort ! Doute dans tout cela.

Le doute, c'est la mort pour les âmes, c'est une lèpre qui prend les races usées, c'est une maladie qui vient de la science et qui conduit à la folie. La folie est le doute de la raison. C'est peut-être la raison elle-même.

Qui le prouve ?

XX

Il est des poètes qui ont l'âme toute pleine de parfums et de fleurs, qui regardent la vie comme l'aurore du ciel ; d'autres qui n'ont rien que de sombre, rien que de l'amertume et de la colère ; il y a des peintres qui voient tout en bleu, d'autres tout en jaune et tout en noir. Chacun de nous a un prisme à travers lequel il aperçoit le monde ; heureux celui qui y distingue des couleurs riantes et des choses gaies.

Il y a des hommes qui ne voient dans le monde qu'un titre, que des femmes, que la banque, qu'un nom, qu'une destinée... folies. J'en connais qui n'y voient que chemins de fer, marchés ou bestiaux ; les uns y découvrent un plan sublime, les autres une force obscène.

Et ceux-là vous demanderaient bien ce que c'est que *l'obscène* ? Question embarrassante à résoudre comme les questions. J'aimerais autant donner la définition géométrique d'une belle paire de bottes ou d'une belle femme, deux choses importantes.

Les gens qui voient notre globe, comme un gros ou un petit tas de boue sont de singulières gens ou difficiles à prendre.

Vous venez de parler avec un de ces gens infâmes, gens qui ne s'intitulent pas philanthropes, et qui, sans craindre qu'on les appelle carlistes, ne votent pas pour la démolition des cathédrales. Mais bientôt vous vous arrêtez tout court ou vous vous avouez vaincu, car ceux-là sont des gens sans principes qui regardent la vertu comme un mot, le monde comme une bouffonnerie. De là, ils partent pour tout considérer sous un point de vue ignoble, ils sourient aux plus belles choses et, quand vous leur parlez de philanthropie, ils haussent les épaules et vous disent que la philanthropie s'exerce par une souscription pour les pauvres.

La belle chose qu'une liste de noms dans un journal !

Chose étrange que cette diversité d'opinions, de systèmes, de croyances et de folies !

Quand vous parlez à certaines gens, ils s'arrêtent tout à coup effrayés, et vous demandent : Comment ! vous nieriez cela ? vous douteriez de cela ? Peut-on révoquer le plan de l'univers et les devoirs de l'homme ? Et si, malheureusement, votre regard a laissé deviner un rêve de l'âme, ils s'arrêtent tout à coup et finissent là leur victoire logique, comme ces enfants effrayés d'un fantôme imaginaire et qui se ferment les yeux sans oser regarder.

Ouvre-les, homme faible et plein d'orgueil, pauvre fourmi qui rampes avec peine sur ton grain de poussière ; tu te dis libre et grand, tu te respectes toi-même, si vil pendant ta vie et, par dérision sans doute, tu salues ton corps pourri qui passe. Et puis tu penses qu'une si belle vie, agitée ainsi entre un peu d'orgueil que tu appelles grandeur et cet intérêt bas qui est l'essence de ta Société, sera couronnée par une immortalité. De l'immortalité pour toi, plus lascif qu'un singe, et plus méchant qu'un tigre, et plus rampant qu'un serpent ? Allons donc ! faites-moi un paradis pour le singe, le tigre et le serpent, pour la luxure, la cruauté, la bassesse, un paradis pour l'égoïsme, une éternité pour cette poussière, de l'immortalité pour ce néant. Tu te vantes d'être libre, de pouvoir faire ce que tu appelles le bien et le mal, sans doute pour qu'on te condamne plus vite, car que saurais-tu faire de bon ? Y a-t-il un seul de tes gestes qui ne soit stimulé par l'orgueil ou calculé par l'intérêt ?

Toi, libre ! Dès ta naissance, tu es soumis à toutes les infirmités paternelles, tu reçois avec le jour la semence de tous tes vices, de ta stupidité même, de tout ce qui te fera juger le monde, toi-même, tout ce qui t'entoure, d'après ce terme de comparaison, cette mesure que tu as en toi. Tu es né avec un esprit étroit, avec des idées faites ou qu'on te fera sur le bien ou sur le mal. On te dira qu'on doit aimer son père et le soigner dans sa vieillesse : tu feras l'un et l'autre, et tu n'avais pas besoin qu'on te l'apprît, n'est-ce pas ? Cela est une vertu innée comme le besoin de manger ; tandis que, derrière la montagne où tu es né, on enseignera à ton frère à tuer son père devenu vieux, et il le tuera, car cela, pense-t-il, est naturel, et il n'était pas nécessaire qu'on le lui apprît. On t'élèvera en te disant qu'il faut te garder d'aimer d'un amour charnel ta sœur ou ta mère ; tandis que tu descends comme tous les hommes d'un inceste, car le premier homme et la première femme, eux et leurs enfants, étaient frères et sœurs ; tandis que le soleil se couche sur d'autres peuples qui regardent l'inceste comme une vertu et le fratricide comme un devoir. Es-tu déjà libre des principes d'après lesquels tu gouverneras ta conduite ? Est-ce toi qui présides à ton éducation ? Est-ce toi qui as voulu naître avec un caractère heureux ou triste, phtisique ou robuste, doux ou méchant, moral ou vicieux ?

Tu es venu au monde, presque sans vie, pleurant, criant et fermant les yeux, comme par haine pour ce soleil que tu as appelé tant de fois. On te donne à manger : tu grandis, tu pousses comme la feuille, c'est bien hasard si le vent ne t'emporte de bonne heure, car à combien de choses es-tu soumis ? à l'air, au feu, à la lumière, au jour, à la nuit, au froid, au chaud, à tout ce qui t'entoure, tout ce qui est ; tout cela te maîtrise, te passionne ; tu aimes la verdure, les fleurs et tu es triste quand elles se fanent ; tu aimes ton chien, tu pleures quand il meurt ; une araignée arrive vers toi, tu recules de frayeur ; tu frissonnes quelquefois en regardant ton ombre, et lorsque ta pensée s'enfonce dans les mystères du néant, tu es effrayé et tu as peur du doute.

Tu te dis libre, et chaque jour tu agis poussé par mille choses, tu vois une femme et tu l'aimes, tu en meurs d'amour. Es-tu libre d'apaiser ce sang qui bat, de calmer cette tête brûlante, de comprimer ce cœur, d'apaiser ces ardeurs qui te dévorent ? Es-tu libre de ta pensée ? mille chaînes te retiennent, mille aiguillons te poussent, mille entraves t'arrêtent. Tu vois un homme pour la première fois, un de ses traits te choque, et durant ta vie tu as de l'aversion pour cet homme, que tu aurais peut-être chéri s'il avait eu le nez moins gros. Tu as un mauvais estomac et tu es brutal envers celui que tu aurais accueilli avec bienveillance. Et de tous ces faits découlent ou s'enchaînent aussi fatalement d'autres séries de faits, d'où d'autres dérivent à leur tour.

Es-tu le créateur de ta constitution physique et morale ? Non, tu ne pourrais la diriger entièrement que si tu l'avais faite et modelée à ta guise.

Tu te dis libre, parce que tu as une âme. D'abord c'est toi qui as fait cette découverte que tu ne saurais définir ; une voix intime te dit que oui. D'abord tu mens, une voix te dit que tu es faible et tu sens en toi un immense vide que tu voudrais combler par toutes les choses que tu y jettes. Quand même tu croirais que oui, en es-tu sûr ? Qui te l'a dit ? Quand, longtemps combattu par deux sentiments opposés, après avoir bien hésité, bien douté, tu penches vers un sentiment, tu crois avoir été le maître de ta décision. Mais, pour être maître, il faudrait n'avoir aucun penchant. Es-tu maître de faire le bien, si tu as le goût du mal enraciné dans le cœur, si tu es né avec de mauvais penchants développés par ton éducation : et, si tu es vertueux, si tu as horreur du crime, pourras-tu le faire ? Es-tu libre de faire le bien ou le mal ? Puisque c'est le sentiment du bien qui te dirige toujours, tu ne peux faire le mal.

Ce combat est la lutte de ces deux penchants et si tu fais le mal, c'est que tu es plus vicieux que vertueux et que la fièvre la plus forte a eu le dessus.

Quand deux hommes se battent, il est certain que le plus faible, le moins adroit, le moins souple, sera vaincu par le plus fort, le plus adroit, le plus souple. Quelque longtemps que puisse durer la lutte, il y en aura toujours un de vaincu. Il en est de même de ta nature intérieure. Quand même ce que tu sens être bon l'emporte, la victoire est-elle toujours la justice ? Ce que tu juges le bien, est-il le bien absolu, immuable, éternel ?

Tout n'est donc que ténèbres autour de l'homme, tout est vide, et il voudrait quelque chose de fixe ; il roule lui-même dans cette immensité du vague où il voudrait s'arrêter, il se cramponne à tout et tout lui manque : patrie, liberté, croyance, Dieu, vertu ; il a pris tout cela et tout cela lui est tombé des mains ; il est comme un fou qui laisse tomber un verre de cristal et qui rit de tous les morceaux qu'il a faits.

Mais l'homme a une âme immortelle et faite à l'image de Dieu ; deux idées pour lesquelles il a versé son sang, deux idées qu'il ne comprend pas, – une âme, un Dieu, – mais dont il est convaincu.

Cette âme est une essence autour de laquelle notre être physique tourne comme la terre autour du soleil. Cette âme est noble, car étant un principe spirituel, n'étant point terrestre, elle ne saurait rien avoir de bas, de vil. Cependant, n'est-ce pas la pensée qui dirige notre corps ? N'est-ce pas elle qui fait se lever notre bras quand nous voulons tuer ? N'est-ce pas elle qui anime notre chair ? L'esprit serait-il le principe du mal et le corps l'agent ?

Voyons comme cette âme, comme cette conscience est élastique, flexible, comme elle est molle et maniable, comme elle se ploie facilement sous le corps qui pèse sur elle, comme cette âme est vénale et basse, comme elle rampe, comme elle flatte, comme elle ment, comme elle trompe ! C'est elle qui vend le corps, la main, la tête et la langue ; c'est elle qui veut du sang et qui demande de l'or, toujours insatiable et cupide de tout son infini ; elle est au milieu de nous comme une soif, une ardeur quelconque, un feu qui nous dévore, un pivot qui nous fait tourner sur lui.

Tu es grand, homme ! non par le corps sans doute, mais par cet esprit qui t'a fait, dis-tu, le roi de la nature ; tu es grand, maître et fort.

Chaque jour, en effet, tu bouleverses la terre, tu creuses des canaux, tu bâtis des palais, tu enfermes les fleuves entre des pierres, tu cueilles l'herbe, tu la pétris et tu la manges ; tu remues l'Océan avec la quille de tes vaisseaux, et tu crois tout cela beau ; tu te crois meilleur que la bête fauve que tu manges, plus libre que la feuille emportée par les vents, plus grand que l'aigle qui plane sur les tours, plus fort que la terre dont tu tires ton pain et tes diamants et que l'Océan sur lequel tu cours. Mais, hélas ! la terre que tu remues renaît d'elle-même, tes canaux se détruisent, les fleuves envahissent tes champs et tes villes, les pierres de tes palais se disjoignent et tombent d'elles-mêmes, les fourmis courent sur tes couronnes et sur tes trônes, toutes tes flottes ne sauraient marquer plus de traces de leur passage sur la surface de l'Océan qu'une goutte de pluie et que le battement d'aile de l'oiseau. Et, toi-même, tu passes sur cet océan des âges sans laisser plus de traces de toi-même que ton navire n'en laisse sur les flots. Tu te crois grand parce que tu travailles sans relâche, mais ce travail est une preuve de ta faiblesse. Tu étais donc condamné à apprendre toutes ces choses inutiles au prix de tes sueurs, tu étais esclave avant d'être né, et malheureux avant de vivre ! Tu regardes les astres avec un sourire d'orgueil parce que tu leur as donné des noms, que tu as calculé leur distance, comme si tu voulais mesurer l'infini et enfermer l'espace dans les bornes de ton esprit. Mais tu te trompes ! Qui te dit que derrière ces mondes de lumière, il n'y en a pas d'autres infinis encore, et toujours ainsi ? Peut-être que tes calculs s'arrêtent à quelques pieds de hauteur, et que là commence une échelle nouvelle de faits… Comprends-tu toi-même la valeur des mots dont tu te sers… étendue, espace ? Ils sont plus vastes que toi et ton globe.

Tu es grand et tu meurs, comme le chien et la fourmi, avec plus de regret qu'eux, et puis tu pourris, et je te le demande, quand les vers t'ont mangé, quand ton corps s'est dissous dans l'humidité de la tombe, et que ta poussière n'est plus, où es-tu, homme ? Où est même ton âme ? cette âme qui était le moteur de tes actions, qui livrait ton cœur à la haine, à l'envie, à toutes les passions, cette âme qui se vendait et qui te faisait faire tant de bassesses, où est-elle ? Est-il un lieu assez saint pour la recevoir ? Tu te respectes et tu t'honores comme un Dieu, tu as inventé l'idée de dignité de l'homme, idée que rien dans la nature ne pourrait avoir en te voyant ; tu veux qu'on t'honore et tu t'honores toi-même, tu veux même que ce corps, si vil pendant sa vie, soit honoré quand il n'est plus. Tu veux qu'on se découvre devant ta charogne humaine, qui se pourrit de corruption, quoique plus pure que toi quand tu vivais. C'est là ta grandeur.

Grandeur de poussière, majesté de néant !

XXI

J'y revins deux ans plus tard ; vous pensez où ; elle n'y était pas.

Son mari était, seul, venu avec une autre femme, et il en était parti deux jours avant mon arrivée.

Je retournai sur le rivage. Comme il était vide ! De là, je pouvais voir le mur gris de la maison de Maria. Quel isolement !

Je revins donc dans cette même salle dont je vous ai parlé ; elle était pleine, mais aucun des visages n'y était plus, les tables étaient prises par des gens que je n'avais jamais vus ; celle de Maria était occupée par une vieille femme qui s'appuyait à cette même place où si souvent son coude s'était posé. Je restai ainsi quinze jours ; il fit quelques jours de mauvais temps et de pluie que je passai dans ma chambre où j'entendais la pluie tomber sur les ardoises, le bruit lointain de la mer, et, de temps en temps, quelque cri de marins sur le quai. – Je repensai à toutes ces vieilles choses que le spectacle des mêmes lieux faisait revivre.

Je revoyais le même océan avec ses mêmes vagues, toujours immense, triste et mugissant sur ses rochers ; ce même village avec ses tas de boue, ses coquilles qu'on foule et ses maisons en étage. – Mais tout ce que j'avais aimé, tout ce qui entourait Maria, ce beau soleil qui passait à travers les auvents et qui dorait sa peau, l'air qui l'entourait, le monde qui passait près d'elle, tout cela était parti sans retour.

Quoi ! rien de tout cela ne reviendra ? Je sens comme mon cœur est vide, car tous ces hommes qui m'entourent me font un désert où je meurs.

Je me rappelai ces longues et chaudes après-midi d'été où je lui parlais sans qu'elle se doutât que je l'aimais, et où son regard indifférent entrait comme un rayon d'amour jusqu'au fond de mon cœur. Comment aurait-elle pu, en effet, voir que je l'aimais, car je ne l'aimais pas alors, et, en tout ce que je vous ai dit, j'ai menti ; c'était maintenant que je l'aimais, que je la désirais, que seul sur le rivage, dans les bois ou dans

66

les champs, je me la créais là, marchant à côté de moi, me parlant, me regardant. Quand je me couchais sur l'herbe, et que je regardais les herbes ployer sous le vent et la vague battre le sable, je pensais à elle, et je reconstruisais dans mon cœur toutes les scènes où elle avait agi, parlé. Ces souvenirs étaient une passion.

Si je me rappelais l'avoir vue marcher sur un endroit, j'y marchais ; j'ai voulu retrouver le timbre de sa voix pour m'enchanter moi-même ; cela était impossible. Que de fois j'ai passé devant sa maison et j'ai regardé à sa fenêtre !

Je passai donc ces quinze jours dans une contemplation amoureuse, rêvant à elle. Je me rappelle des choses navrantes ; un jour, je revenais, vers le crépuscule, je marchais à travers les pâturages couverts de bœufs, je marchais vite, je n'entendais que le bruit de ma marche qui froissait l'herbe, j'avais la tête baissée et je regardais la terre. Ce mouvement régulier m'endormit pour ainsi dire : je crus entendre Maria marcher près de moi, elle me tenait le bras et tournait la tête pour me voir ; c'était elle qui marchait dans les herbes. Je savais bien que c'était une hallucination que j'animais moi-même, mais je ne pouvais me défendre d'en sourire et je me sentais heureux. Je levai la tête : le temps était sombre, devant moi, à l'horizon, un magnifique soleil se couchait sous les vagues ; on voyait une gerbe de feu s'élever en réseaux, disparaître sous de gros nuages noirs qui roulaient péniblement sur eux, et puis un reflet de ce soleil couchant reparaître plus loin derrière moi dans un coin du ciel limpide et bleu.

Quand je découvris la mer, il avait presque disparu ; son disque était à moitié enfoncé sous l'eau et une légère teinte de rose allait s'élargissant et s'affaiblissant vers le ciel.

Une autre fois, je revenais à cheval en longeant la grève. Je regardais machinalement les vagues dont la mousse mouillait les pieds de ma jument, je regardais les cailloux qu'elle faisait jaillir en marchant, et ses pieds s'enfoncer dans le sable. Le soleil venait de disparaître tout à coup et il y avait sur les vagues une couleur sombre comme si quelque chose de noir eût plané sur elles. À ma droite, étaient des rochers entre lesquels l'écume s'agitait au souffle du vent comme une mer de neige, les mouettes passaient sur ma tête et je voyais leurs ailes blanches s'approcher tout près de cette eau sombre et terne. Rien ne pourra dire tout ce que cela avait de beau, cette mer, ce rivage avec son sable parsemé de coquilles, avec ses rochers couverts de varechs humides et l'écume qui se balançait sur eux au souffle de la brise.

Je vous dirais bien d'autres choses, bien plus belles et plus douces, si je pouvais dire tout ce que je ressentis d'amour, d'extase, de regrets. Pouvez-vous dire par des mots le battement du cœur, pouvez-vous dire une larme et peindre son cristal humide qui baigne l'œil dans une amoureuse langueur ? Pouvez-vous dire tout ce que vous ressentez en un jour ? Pauvre faiblesse humaine, avec tes mots, tes langues, tes sons, tu parles et tu balbuties, tu définis Dieu, le ciel et la terre, la chimie et la philosophie, et tu ne peux exprimer, avec ta langue, toute la joie que te cause une femme nue – ou un plum-pudding.

XXII

Ô Maria, Maria, cher ange de ma jeunesse, toi que j'ai vue dans la fraîcheur de mes sentiments, toi que j'ai aimée d'un amour si doux, si plein de parfums, de tendres rêveries, adieu ! Adieu ! D'autres passions viendront, je t'oublierai peut-être, mais tu resteras toujours au fond de mon cœur, car le cœur est une terre où chaque passion bouleverse, remue et laboure sur les ruines des autres. Adieu !

Adieu ! et cependant comme je t'aurais aimée, comme je t'aurais embrassée, serrée dans mes bras ! Ah ! mon âme se fond en délices à toutes les folies que mon amour invente. Adieu !

Adieu ! et cependant je penserai toujours à toi, je vais être jeté dans le tourbillon du monde, j'y mourrai peut-être écrasé sous les pieds de la foule, déchiré en lambeaux. Où vais-je ? Que serai-je ? Je voudrais être vieux, avoir les cheveux blancs. Non, je voudrais être beau comme les anges, avoir de la gloire, du génie, et tout déposer à tes pieds pour que tu marches sur tout cela ; et je n'ai rien de tout cela, et tu m'as regardé aussi froidement qu'un laquais ou qu'un mendiant.

Et moi, sais-tu que je n'ai pas passé une nuit, pas un jour, pas une heure, sans penser à toi, sans te revoir sortant de dessous la vague, avec tes cheveux noirs sur tes épaules, la peau brune avec ses perles d'eau salée, tes vêtements ruisselants et ton pied blanc aux ongles roses qui s'enfonçait dans le sable, et que cette vision est toujours présente, et que cela murmure toujours à mon cœur ? Oh ! non, tout est vide.

Adieu ! et pourtant, quand je te vis, si j'avais été plus âgé de quatre à cinq ans, plus hardi… Peut-être ? Oh ! non, je rougissais à chacun de tes regards. Adieu !